SUR UN FIL

Didier Gueudin

Recueil de nouvelles

SUR UN FIL

Editions BoD

Sommaire

Remerciements

Aux participants de l'atelier d'écriture La Plume et le Clavier :

(2018-2019)
Sophie, Bernard C., Bernard R, Catherine, Corine et Romain

(2019-2020)
Catherine, Bernard, Corinne et Martine

Et à mes proches :

Véronique, Victoire et Titouan

1
Le voyageur de 7H30
pour IRUN

Henri s'était réveillé de bonne heure ce matin. Le train pour Irun partait à 7h30. La gare Montparnasse était toute proche, à seulement dix minutes à pied de son petit appartement de la rue Vaugirard.

C'est même en raison de la proximité de la gare qu'il avait acheté ce deux-pièces de 40 m². Il aurait pu acheter plus grand mais comme il savait qu'il allait beaucoup voyager, cela n'en valait pas la peine. Il lui suffisait de parcourir quelques mètres pour apercevoir la pendule de la gare qui rythmait le pas des futurs voyageurs.

A sa vue il était soudain rassuré, sa vie se remplissait, il savait pourquoi il vivrait encore aujourd'hui. Un jour de plus à voyager.

Du bout de l'avenue il pouvait calculer à la minute près son arrivée sur le quai. 7h15 avenue du Maine. 7h18 passage sur les plaques de fer recouvrant la piscine Montparnasse. Et toujours cette odeur de chlore rassurante pour lui. 7h22 passage devant la boutique des galeries Lafayette. Selon le nombre de pas il devait longer la grande tour à 7h24 précise. Et si son mal de dos ne persistait pas la pointe de sa chaussure gauche pénétrerait à 7h27 et 30 secondes dans le hall de la gare.

Cette mécanique horlogère lui rappelait l'ordre parfait du monde.

Un bref coup d'œil sur les panneaux d'affichage. Ceux de gauche indiquaient les trains au départ. Irun 7h30 voie 8 !

Ce matin Henri ne peut cacher sa vive satisfaction. Si vous aviez pu l'observer vous auriez remarqué son large sourire, un sourire de contentement, celui d'un homme âgé certes mais qui dans la vivacité du regard jouit pleinement de l'instant.

La voie 8 ! La voie 8 lui convient parfaitement. Les trains en partance pour la Bretagne ou le Sud-Ouest sont presque toujours entre la voie 2 et 10. Presque car il se souvient avec effroi de cette matinée d'automne. Cette matinée où le train pour Irun, au même horaire, tenez-vous bien celui de 7h30, avait été affiché voie 19 !

Or marcher de la voie 8 à la voie 19 était un exercice fort délicat. Vous ne pouviez pas traverser le hall en ligne droite. Les autres voyageurs posaient leurs valises n'importe où, il fallait slalomer entre les sacs à dos et les gamins chahuteurs qui s'éloignaient de leurs parents, las d'attendre que le numéro du quai s'affiche.

Les obstacles venaient de tout côté. Le pire était lorsqu'un train, arrivé à quai, déversait des centaines de voyageurs, pressés de s'engouffrer dans le métro, le taxi ou le bus et qui s'obstinaient à faire semblant de ne pas vous voir.

Ce matin-là il avait mis 15 minutes à atteindre la voie 19 ! Et quand enfin il atteignit le quai, un voyant rouge s'alluma, une alarme stridente lui perça les tympans. Trop tard le train pour Irun s'ébrouait déjà. Sans lui. Il posa réclamation à un jeune homme habillé en rouge qui lui répondit sèchement qu'à son âge il fallait prendre ses précautions et partir plus tôt.

Sale matinée que cette matinée d'automne. Cela lui avait gâché sa journée. Il fallait comprendre Henri, la gare était son monde, et rater le train pour Irun c'était un échec cuisant. Lorsque vous passez du temps à étudier le parcours, entre la rue Vaugirard et le quai 8, à être précis à la seconde près lors des différents points de passage, que vous consignez toutes ces informations sur votre carnet, vous vous attendez à une pleine réussite. Ce matin il était resté à quai. Quelle déception.

C'était une atteinte à son bon fonctionnement. Tout son corps se contractait, le sang n'irriguait plus correctement ses organes vitaux, sa respiration s'accélérait, la sueur inondait son front, il ne sentait plus ses jambes, il soufflait comme une vieille locomotive.

Heureusement aujourd'hui le train pour Irun partait bien de la voie 8! C'est en vérité la voie idéale pour un voyageur qui arrive sur le quai après avoir pris les deux escalators menant aux guichets automatiques.

Les voies 3 et 4 étaient moins pratiques car il fallait contourner la masse de gens agglutinés devant les relais H parcourant les gros titres des journaux et se plantant juste dans le couloir menant entre la voie 4 et la voie 5.

La journée s'annonçait parfaite. Train numéro 854508 pour Irun voie 8. Henri était à l'heure, la voix de l'hôtesse annonça que les services de nettoyage étaient terminés. Les voyageurs en direction d'Irun étaient invités à monter dans leurs compartiments. Mais attention seules les voitures numérotées de 10 à 20 sont à destination du terminus. Les voitures numérotées de 1 à 9 s'arrêteront à Bordeaux. Henri calcula qu'il lui faudrait bien encore 10 minutes pour atteindre le compartiment 10, longue marche pour attendre ce deuxième TGV.

Mais Henri malgré ses 85 printemps bien sonnés aimait la marche. Il se réjouit qu'aujourd'hui tout soit limpide, pas un seul grain de sable, tout est à l'unisson, le matériel fonctionne, l'hôtesse informe, le nettoyage est fait et la voie est la voie 8 ! Quelle belle journée pour Henri.

Il peut bien arriver des évènements un peu curieux dans le monde, il sait qu'il gardera sa joie jusqu'à l'heure du coucher où, à nouveau, il consignera le parcours du lendemain.

Le feu rouge vient de se mettre à clignoter, l'alarme stridente annonce le départ du train pour Irun.

Quelques crissements sur les rails et le TGV n'est déjà presque plus visible du quai. Le tableau d'affichage vient d'effacer l'information . Le train pour Irun voie 8 n'existe plus.

Henri sait maintenant qu'il est l'heure de retourner rue de Vaugirard, de réintégrer son petit appartement. Il ressent le besoin de se reposer. Les voyages vers le Pays Basque sont toujours fatigants pour un homme de son âge.

Henri rentre dans sa chambre et s'allonge sur le lit, sans même prendre la peine de se déchausser. Heureusement son chien, Youki, oui pour un homme de son âge tous les chiens s'appellent Youki, lui apportent ses charentaises. Henri réussit en se tortillant à desserrer les lacets de ses mocassins. D'un geste désordonné et du coup du pied, il s'en débarrasse violemment. Un de ses souliers heurte la petite commode. Une photo posée sur un support métallique se renverse. La photo est à même le sol.

On y distingue le visage d'une femme, brune, traits fins, sourire discret. Cette femme Henri la connaît bien. Il a même l'impression d'avoir partagé des moments avec elle. Henri se souvient ce soir. Oui il est déjà sorti avec cette dame, souvent même. Toujours accompagné de deux enfants. Une petite fille aux yeux bleus. Cette femme et lui l'accompagnaient dans une école mais il ne se rappelle plus laquelle. Il y a une autre image qui lui revient, cette fois il revoit un garçon plus âgé. « laisse-moi là je vais y aller tout seul Papa ». Mais aujourd'hui Henri ne se rappelle plus qui était le père de cet enfant. Personne d'autre que lui et cette dame devant cette école. Pauvre enfant.

Henri rentrait chez lui. Il se souvient, c'était une impression désagréable comme s'il était suivi. Oui cette dame était encore là ! Elle pénétrait dans le même immeuble. Et aussi étrange que cela paraisse, il la laissait rentrer dans son appartement.

Soudain il ressent une grande fatigue. Il sait qu'il doit se reposer. Ne pas oublier de consulter les horaires du train. Est-ce que le train de 7h30 pour Irun est bien confirmé ? Il regardera les actualités comme il dit, pour être sûr qu'aucune grève ne vienne gâcher son lendemain.

Chaque soir le souvenir de l'incendie d'un transformateur à Montparnasse le hante. Pendant une semaine il fut privé de son train pour Irun. Malgré tout, chaque matin il avait espéré, s'était rendu à la gare. Mais les quais étaient déserts. Désolation. Abîme intérieur.

Ce soir Henri est content, il vient de lire que le train pour Irun roulera bien demain à l'heure prévue. Bien sûr il lui reste toujours une petite angoisse, le numéro de la voie. Aura-t-il la même chance que ce matin ? Hériter de la voie 8 ?

La nuit fut paisible et réparatrice, les rêves se succédaient comme les trains qui partent à l'heure.

A 7h30 il était sur le quai. La voie n'était pas idéale aujourd'hui. Départ pour Irun, voie UNE. Henri dû déployer beaucoup d'énergie pour percer ce mur agglutiné devant.la pharmacie. Il bifurqua vers la droite mais fut pris en tenaille par deux militaires en patrouille et des voyageurs en attente de viennoiserie devant l'enseigne Paul. Enfin il atteint la voie UNE. Il se fit bousculer par deux jeunes qui réussirent à sauter dans le premier compartiment au moment même où les feux passèrent au rouge.

Bientôt le TGV avait disparu de son champ de vision.

Henri se fige. Silence. Muet. Pas un son. Une image revient, l'obsède, le déchire. Il y a quarante ans devant lui une femme, sa valise à la main, courant vers le train à quai. Henri courrait après elle. Il se souvient maintenant. Il criait, il la suppliait, se mettait à genoux. A cet instant il ressentait la souffrance comme il avait souffert à ce moment-là.

Une femme partait. Il croit bien que c'était sa femme. Elle avait à ses côtés une petite fille blonde aux yeux bleus et un garçon plus âgé. Un appel avait retenti « le train pour Irun va partir attention à la fermeture des portes ».

2
Paul

Les rideaux épais de la chambre sont fermés. Il ne me semble pas les reconnaître.

Quand les avons-nous achetés? Il faudrait penser à les changer, je n'aime pas leur couleur, ce marron est trop terne.

Je lui dirai dès son retour. Quand la reverrais-je?

Je ne me rappelle plus de son emploi du temps. Je ne me rappelle plus de son prénom, encore moins de son petit nom. Dans notre intimité, impossible de me souvenir, est-ce ma chérie, mon ange ? Je ne sais plus. Je sais seulement que l'on est deux. Deux à partager cette maison.

J'ai besoin de luminosité, je me lève, et tire les rideaux. Je rentre en scène mais ce décor m'est inconnu. De la fenêtre se dévoile un jardin. Le jardin me paraît étrange, différent de celui que j'ai pris l'habitude d'arpenter chaque soir après dîner.

Dans mon souvenir, celui d'hier, celui d'avant-hier, d'il y a longtemps, la pelouse était tondue, ras, les murs surélevés à hauteur d'hommes, et les camélias étaient en fleur.

Ce matin s'est substitué un parterre de roses plantées au centre du jardin, et un mur bas qui laisse la vue dégagée sur un étang bordé de saules pleureurs.

Le monde change vite.

Combien de temps ai-je dormi ? Je vérifie le jour et l'heure sur ma montre. Pas de doute il ne s'est pas passé plus d'une journée depuis mon dernier endormissement.

Ce temps a filé plus vite que ne l'indique les aiguilles de l'horloge. Au point, un bref instant, de faire vaciller mes maigres certitudes, mon point de fixation, celui dont on a besoin pour accompagner le monde, notre vie et celles des autres.

Je me ressaisis. La situation pourrait être bien pire.

Cette nouvelle perspective ne me gêne pas. Elle ne me paraît ni moins bonne, ni meilleure que celle d'hier.

Elle est autre. Sans doute le suis-je aussi un peu. Autre.

Mon regard se perd jusqu'aux saules pleureurs. Ils m'attirent, à rebours, vers mon adolescence, lorsque je longeais les bords de Seine. Je quittais la gare du RER, et je traversais en hâte le boulevard engorgé par le trafic de véhicules, un flux soutenu d'automobilistes quittant Paris pour rejoindre la banlieue ouest, Rueil-Malmaison et les villes au-delà, Chatou, Le Vésinet jusqu'à Saint-Germain-en-Laye.

De l'autre côté du boulevard je me réfugiais dans une petite rue où des villas cossues laissaient déborder des lilas de couleur mauve et blanc. Leurs branches ployaient et les fleurs s'offraient par-dessus les grilles. Je m'arrêtais pour inspirer les parfums, m'enivrer de ce moment hors du temps.

Je revois cette belle demeure en pierre de meulière avec son petit balcon en bois et ses bac fleuris suspendus à chaque extrémité. Des cris et des rires des enfants dans un petit parc arboré, une vielle dame promenant son chien, un colley que j'appelais Lassie, et parfois lorsque la chance était au rendez-vous, l'ombre d'une jeune femme derrière les rideaux dentelés et transparents d'un salon.

Au bout de cette allée se trouvait mon havre de paix. Je quittais ce monde en voie de déshumanisation, je noyais les tours de La Défense au beau milieu de la Seine. Mes rêves naissaient sous les branches des saules légèrement repliées, leurs feuilles tombaient sous forme de gouttelettes de pluie. Elles me protégeaient, et me recouvraient de leur silence poétique.

Il avait fallu que ce matin devant moi se laisse admirer, et se laisse capturer ce moment inouï où tout semble nouveau, à nouveau crée. Il avait suffi de la présence des saules pleureurs près d'un étang que je n'avais pas encore pris la peine de connaître, pour que tout un passé revienne.

Je me souvenais davantage de ce passé déjà lointain, trop lointain, que de mon passé proche, si proche de ce présent que je n'arrivais pas à saisir pleinement.

Cependant ce nouveau paysage qui s'ouvrait ne me déplaisait pas. Je n'avais jamais réellement apprécié ce mur surélevé et les camélias n'étaient pas mes fleurs préférées.

Mais je sentais comme un manque. Je n'avais pas pris mon café. Je me mis en quête de trouver la cuisine. A deux reprises j'empruntais la mauvaise porte. Je pénétrais enfin dans un espace où se logeaient un frigo, un four à micro-ondes, une table en formica et quatre tabourets, quelques placards au-dessus d'une table de travail et une cafetière près de la prise électrique. Pas de doute, j'étais bien dans une cuisine. Les murs de couleur jaune étaient passés, je me promis de les repeindre. Il m'avait pourtant semblé que nous avions déjà entrepris ces travaux de peinture. Il faudra aussi que je lui pose la question lorsqu'elle rentrera.

J'avais un doute sur la date de son retour. Je l'avais oublié. Peut-être avait-t-elle omis de me le dire ? Elle avait sûrement laissé un mot ou au moins un post-it, ou un SMS.

La cafetière crachotait au fur et à mesure que le café transperçait le filtre pour s'échouer au fond d'un verseur laissant apparaître un liquide d'un marron trop clair.

Je pensais que si j'avais été chez moi, j'aurais remplacé cette vieille machine par une Nespresso où en 3 cliques secs et sûrs vous pouviez placer votre dosette, rabattre la manette et appuyer sur le bouton court ou long selon votre choix.

J'avais pensé si j'avais été chez moi. J'en souris. Comment pouvait-t-il en être autrement ? J'étais chez moi bien entendu, dans ma maison. Il fallait simplement que toutes les choses qui la composaient, qui l'entouraient reprennent leur place, leur juste place.

Lorsqu'elle rentrera, je lui raconterai mon étonnement. Elle en rira, nous en plaisanterons ensemble.

Le café est trop léger. Noter : acheter la Nespresso le week-end prochain.

Je saisis un post-it collé sur le frigo. Pas le temps de noter, le téléphone sonne.

J'essaie de trouver le combiné. Rejoindre le couloir, choisir une des pièces en espérant qu'il n'est pas à l'étage. Troisième sonnerie, deux tentatives infructueuses, deux chambres vite explorées. Rien.

Cinquième sonnerie, j'atteins la dernière pièce qui donne sur la rue. Je rentre dans un salon meublé d'un canapé de cuir noir, de deux fauteuils à chacune de ses extrémités, une table basse en verre, et un petit guéridon soutenant le boîtier où se charge le combiné téléphonique.

Légèrement essoufflé je décroche.

-   Bonjour monsieur Jardin, Dumoulin votre avocat.

Le débit rapide de mon interlocuteur m'évite un trop grand trouble. Il ne me laisse pas le temps de me présenter. J'en aurais été bien incapable. Qu'aurais-je pu lui répondre ?

Je suis moi ! Cela aurait été un peu court, ridicule aussi.

Je me sens pourtant bien, et ma dernière visite médicale n'a diagnostiqué ni folie ou Alzheimer précoce. Non je suis bien moi ! Il manque seulement un nom pour cristalliser mon identité.

Mon interlocuteur m'en avait attribué un. Monsieur Jardin. Et j'avoue qu'à la seconde où je l'ai entendu prononcer ce nom, j'ai éprouvé un vrai soulagement. Ce nom m'était assez agréable à l'oreille. Il ne me contrariait pas du tout.

- Bonne nouvelle, monsieur Jardin, le jugement du divorce est prononcé ? Vous gardez l'usage de la maison. Vous pouvez rester chez vous !

- Chez moi ! Oui cette maison devait bien être la mienne. Il faudra que je m'y fasse.

Ce qui m'inquiétait toutefois est que si le divorce avait été prononcé, cela signifiait qu'elle ne reviendrait pas. Ou peut-être pour venir chercher ses affaires.

- Bien après ces bonnes nouvelles, je vous laisse. Heureux d'avoir été votre avocat monsieur Jardin.

- Merci, moi aussi !

Ce moi aussi, était sorti par réflexe pour bien finir la communication, qu'elle soit parfaite du début à la fin. J'aime ces conversations où rien ne vient contrarier son harmonie, sans le moindre grain de sable dans la mécanique du message, entre l'émetteur et le récepteur, une entente parfaite, et pas l'épaisseur d'une feuille à cigarettes entre eux !

Je ne le connaissais pas mais il avait bien fait son job. Le nom de Dumoulin était déjà parvenu à mes oreilles. Un ami, Pierre, m'avait parlé de son divorce et de l'habileté de son avocat.

Cela me faisait plaisir de me souvenir de Pierre, de me rappeler surtout de son prénom. Le seul depuis ce début de journée.

C'était le début de la reconstruction de mon identité.

Elle est partie, je serai seul pour choisir la couleur de nos nouveaux rideaux. Mais qui est partie ? Je ne suis pas d'un caractère anxieux mais l'envie de connaître, le prénom de ma désormais ex-femme, me fit défiler toute la liste de mes contacts enregistrés sur mon smartphone. Quatre prénoms féminins seulement. Elsa, ce n'était pas elle, car entre parenthèse il était indiqué Maman. Le deuxième était Élodie, mais là encore une information complémentaire indiquait la banque postale. La troisième, Martine Coiffure, ne laissait aucun espoir. Il ne restait plus que le dernier prénom, Élise. Mon ex-compagne devait s'appeler Élise, car il est inimaginable de penser que le numéro de portable de la femme avec qui l'on vit ne soit pas dans la liste de contact du mari !

Élise. Je n'aurais pas choisi un plus beau prénom. J'avais de la chance ce matin. J'héritais d'un nom de famille agréable, mon épouse avait un joli prénom et en plus je gardais l'usage de la maison.

Je m'autorise une pause, et je m'assois sur le canapé. Un quotidien traîne sur la table basse, je le saisis, presque par désœuvrement, un peu comme lorsque je consulte les magazines chez le dentiste. La différence est que l'on ne m'avait pas arraché une dent mais tout un pan de ma vie.

Le journal consacrait sa une à une première expérience du nouvel accélérateur de particules, un accélérateur de nouvelle génération, cent fois plus puissant que le LHC en activité à Lausanne. Puis je reposais rapidement le canard en me demandant qui avait bien pu acheter Le Figaro moi qui ne lisais que Libé et l'Equipe !

Je n'eus pas le temps d'explorer la question, car le téléphone se mit à sonner une nouvelle fois.

Décidément ce monsieur Jardin était très demandé….

- Allô Paul

C'est une voix mélodieuse. Sa tonalité chaude, enjouée, et presque fraternelle m'invite à l'empathie.

- Allô. Oui.

Je n'ose pas lui répondre qu'il n'y a pas de Paul ici. Peut-être avant que nous achetions cette maison ? il y a bien longtemps. Peut-être utilise-t-il un vieux bottin des PTT, un numéro à huit chiffres auquel il a ajouté le 02 ?

- Paul, c'est un peu délicat mais Élise vient de m'appeler. J'ai appris que votre divorce a été prononcé. Tu dois être soulagé, tu gardes la maison !
- Oui. C'était important pour moi.

Je ne sais pas pourquoi je ne lui ai pas tout expliqué. Lui répondre qu'il me fallait un peu de temps, que je devais retrouver quelques repères. Mais tout allait très vite depuis ce matin, ce nouvel éveil, ce basculement dans une autre réalité.

J'aurais été incapable de lui donner la moindre justification, le moindre prénom en échange de celui de Paul. J'étais moi ! Tout entier dans cette vie mais je devais m'approprier cette nouvelle identité, me vêtir de tous les attributs de ce nouvel état civil.

Pourtant il me semblait que j'avais beaucoup progressé depuis ce long cheminement entre la chambre aux rideaux trop ternes et la cuisine à la peinture défraîchie.

J'avais un nom, JARDIN et maintenant cette voix amicale m'annonçait que j'avais aussi un prénom, PAUL. Tout me plaisait, Paul, Elise, JARDIN, la maison.

Il fallait juste continuer à contrôler mes émotions, à ne pas me poser trop de questions. S'entêter à vouloir me souvenir de mon passé récent risquait de me précipiter dans le vide, dans le gouffre laissé par la brisure de ma vie antérieure.

- Paul, je sais que c'est un peu tôt mais il faut que tu te changes les idées. J'organise une soirée, au bord de mer, avec quelques amis. Je te donne l'adresse : Alain Ledoux, rue des barrières, au 19, Les Sables d'Olonne.
À 19 heures dimanche prochain.

- C'est parfait Alain. J'y serai !

Je regarde l'heure à la pendule du salon. Ses aiguilles noires sur un fond blanc m'insèrent dans l'ordre du temps et me raccrochent à une réalité familière. Le positionnement de la grande et de la petite aiguille m'indique qu'il est dix heures. Je suis réveillé depuis deux heures. Cent vingt minutes, sept mille deux cents secondes se sont écoulées depuis ma naissance à ce monde inconnu.

Je suis au milieu du salon. Devrais-je crier ? Consulter la liste des psy nantais ? Me précipiter au commissariat de police et déposer plainte pour perte d'identité ?

Que me répondrait l'agent qui prendrait ma déposition ? Quand et où avez-vous perdu vos papiers d'identité ?

Non, monsieur l'agent, ce n'est pas de cette perte dont je vous parle, il ne s'agit pas de mes papiers mais de mon identité propre, de mon histoire personnelle, de ma famille, de mes amis et de mon épouse.

Désolé, mais je n'ai aucun formulaire correspondant à la nature de votre perte. Je prends quand même votre déposition ?

Je referme la porte du commissariat.

Je suis toujours au milieu de ce salon. Je me surprends à sourire, puis sans explication à rire, un rire discret d'abord, puis de plus en plus sonore. Le rire m'envahit, il est maintenant sans contrôle, une crise de rire inarrêtable. Au milieu du salon, seul, déraciné, entre deux mondes et emporté par le rire.

De la poche de ma robe de chambre, je ressors le petit post-it. J'y avais griffonné l'adresse donné par cet « ami », Alain. Le post-it est tout froissé, je le relis, pas de doute il est écrit « rendez-vous au 19 rue des barrières – les Sables ». Je n'ai pas de mal à faire venir les images de cette station balnéaire. Cet ami m'avait invité à l'adresse exacte où j'avais passé plusieurs étés lorsque j'étais adolescent.

Je revivais le parcours que j'avais souvent suivi ces étés-là. Le rituel débutait au marché Arago, petit marché couvert au centre des Sables, où j'avais pris l'habitude d'acheter un chausson aux pommes à la croûte dorée garnie généreusement de fruits débordant à chacune de mes bouchées. Je virais sur ma droite, dans la rue Guy Mignonneau, une rue terne bordée de petits immeubles sans charme mais qui avait le mérite d'être suffisamment longue pour me permettre de finir mon chausson aux pommes. Je traversais la route uniquement lorsque la viennoiserie était avalée. J'étais alors dans la rue Destremont où régulièrement quelques vacanciers faisaient la queue devant la rôtisserie qui en faisait l'angle. Je continuais tout droit, dans la petite rue des remparts où je saluais chaque jour une vieille sablaise, coiffée de sa coiffe traditionnelle, assise devant le pas de sa porte. Son visage était tout ridé et racorni par le soleil, fatiguée aussi par la dureté du travail qu'elle avait fourni des dizaines d'années dans l'industrie de conserves de poissons. J'avais besoin de son petit signe de main comme elle avait besoin de mon sourire, preuve qu'elle continuait d'exister.

Au bout de sa maison, je tournais à droite, rue de la mer, et c'était chaque fois la même chose. Mon cœur battait un peu plus fort, l'Océan se laissait enfin deviner. Ce n'était qu'un petit morceau de mer, un bleu limité par l'étroitesse de la rue et de ses maisons qui rétrécissaient l'horizon mais déjà une promesse d'infini. Je prenais ensuite la première rue à gauche pour rejoindre l'appartement situé au 19 de la rue des barrières. Au premier étage s'offrait un petit balcon bleu en fer forgé. Je m'y penchais souvent, tortillant mon corps afin de profiter de la vue sur les rochers , le goémon et les mouettes.

Il m'arrivait parfois de descendre la rue pour rejoindre le remblai. Et là il n'y avait plus aucun obstacle, la mer s'offrait tout entière, instant inouï où je m'abandonnais à son immensité.

Je me réjouissais d'y retourner bientôt. En attendant il me fallait retrouver la chambre.

Dans le couloir, face à moi, se reflétait l'image d'un homme, la quarantaine, en robe de chambre de couleur pourpre, les cheveux bruns et une barbe de plusieurs jours.

Ce n'était pas habituel pour moi. Je me rasais tous les jours , sachant que mon épouse ne supportait pas une barbe de plus de deux jours.

Je me trouvais vieilli, mes rides étaient plus prononcées que dans mes souvenirs. Mais je n'étais pas capable de dater mes souvenirs ! Je les avais en tête mais sans aucune notion du temps et sans savoir où ils s'étaient construits. Je m'approchais, presque collé au miroir, scrutant mes yeux. Leur couleur était toujours d'un vert clair mais la petite touche marronne à l'œil droit avait disparu. Je rejouais au jeu des 7 erreurs et à ma plus grande surprise j'en relevais bien davantage.

On ne pouvait pas affirmer avec certitude que ce visage n'était pas le mien mais il n'était pas parfaitement conforme à l'original.

Moi la barbe cela ne me dérangeait pas, je m'en félicitais presque en pensant au temps gagné le matin dans la salle de bain. Et puis cette tâche marronne ne m'avait jamais été de quelque utilité. Paraître un peu plus vieux était un peu plus gênant mais après tout cela pourrait me conférer un peu plus d'assurance.

J'eus du mal à retrouver ma chambre. Je n'allais tout de même pas rester en robe de chambre toute la journée. J'avais beaucoup d'informations à enregistrer, les noms voletaient dans ma tête « JARDIN, DIVORCE, PAUL, BARBE, 19 rue des BARRIERES ».

Ces mots se croisaient, se décroisaient, construisaient un chemin, en déconstruisaient un autre, ébauchaient une nouvelle identité.

Je me sentais MOI avant tout. En éveil, attentif à ce nouveau monde. Tout ce qui m'avait défini par le passé disparaissait devant cette réalité. Je ne pouvais pas contester ce nouvel état, je ne cherchais pas à lutter.

J'aurais pu sortir de la maison, me mettre à courir, me jeter dans l'étang du village, me cogner la tête jusqu'au sang dans l'espoir de retrouver qui j'avais été. Mais tout cela me semblait vain.

Je me percevais uniquement de l'intérieur, mes racines étaient enfouies dans un espace où se mouvaient des substances physiques et immatérielles entremêlées.

Je réussis à atteindre la chambre, j'ouvrais la porte du dressing. Je perdis un peu d'assurance, je ne reconnaissais aucun de ces costumes. Je choisis le plus clair mais visiblement la veste était trop large. Je n'eus pas le temps d'essayer le pantalon, une nouvelle sonnerie de téléphone retentit.

J'eus le réflexe des pilotes de ligne avant le décollage. Je fis défiler la check liste de ma nouvelle identité. Si possible dans l'ordre

« JARDIN – PAUL – BARBE – DIVORCE – RUE DES BARRIERES - ELISE »

J'étais prêt !

- Allô Paul ?

- Oui- je suis Paul – Ici Paul – vous êtes bien chez Paul. J'accentuais fortement la syllabe, cela me rassurait.

- J'entends bien Paul. Pas besoin de me le répéter trois fois. Tu sais pourquoi je t'appelle, je suppose.

Sûrement encore une amie, elle me tutoie ! Peut-être voulait-t-elle me rappeler une invitation, ou souhaitait-elle savoir si je faisais partie de la liste d'invités au 19 rue de barrières.

Que lui répondre ? Je ne pus que bredouiller.

- Oui, euh non en fait. Je viens de me réveiller.

- Je t'appelle pour le divorce, pourquoi veux-tu que j'essaie de te joindre. J'ai des affaires à récupérer , cela va te faire de la place. Tu vas te perdre Paul dans notre maison. Une maison pour toi tout seul, quel égoïste tu fais. On aurait pu y voir grandir nos enfants. Mais tu n'en as pas voulu. Une maison sans enfant quelle tristesse ! Tu sais quoi ?

Et bien non, je ne sais pas. Sa voix est sèche presque dure. Je suis désolé que ma femme ,ou plutôt mon ex-femme, ait cette voix si sèche. Je devine des mots, en embuscade, préparés pour un assaut final.

Je m'interroge. A- t-elle toujours eu cette intonation ? Sa voix était -telle douce lorsque nous étions mariés avant cette matinée où j'étais né à nouveau.

Il n'y a aucune photo dans le salon. Mais de toute façon comment aurais-je pu la reconnaître, je ne l'ai jamais vu. Et pourtant notre couple existe, son appel téléphonique en est la preuve. Elle parle à Paul Jardin, quarante années passées sur terre. Je ne suis pas un hologramme, un elfe ou une créature extra-terrestre. Il a bien fallu que je vive pendant tout ce temps. Mais où ? dans quelle enveloppe ?

On avait veillé sur moi pendant toutes ces années et puis ce matin, les fils de la marionnette s'étaient brisés ? Avant d'être cassés, rompus, ils s'étaient distendus jusqu'à cette limite où l'on plonge dans un autre univers.

- Allô, tu sais quoi ?

- Non

- Tu peux garder ta maison, reste seul avec tes expériences, ta physique quantique et tes synchronicités. Je veux en finir au plus vite Paul. Je peux venir chercher mes affaires ?

- Oui Elise. Je te souhaite une bonne journée.

Je retournais à la cuisine me verser une autre tasse de café. J'eus l'intuition que la solution pouvait être de retourner dans ce lit, m'endormir et espérer un nouveau réveil, une histoire qui serait la suite de ma véritable histoire, ma vie d'avant.

Il était midi et je m'endormis.

À mon réveil, j'ouvre doucement les yeux. A travers mes paupières semi-ouvertes, je cherche des indices, est-ce que devant moi apparaîtront encore ces épais rideaux de couleur marron ou retrouverais-je une chambre aux parures plus familières ?

J'avais l'impression de jeter une pièce en l'air, un côté pile et c'était le retour à un monde connu, côté face je retrouvais ce monde nouveau qui s'était imposé à moi avant mon dernier endormissement.

Les rideaux étaient épais et de couleur marron. Pas de doute, je n'avais pas fait un mauvais rêve. Malgré tout, je n'en prenais pas ombrage, c'était ainsi.

Je n'étais plus certain d'avoir une préférence entre ce passé déjà un peu lointain et ce présent qui déroulait des événements étranges.

Je finirais bien par m'habituer à cette vie, à la vie de Paul Jardin.

J'étais seulement contrarié par les mots prononcés par mon ex-épouse. Moi ne pas vouloir d'enfant ! Rien n'était plus faux. Elle devait faire erreur. J'aurais dû l'interrompre, protester, lui expliquer mon désir d'enfants. Comme j'aurais dû expliquer à cet avocat et à cet ami la réalité de ma situation.

Mais j'étais à chaque fois sans réaction, prêt à accepter tout ce que l'on m'annonçait. Ce n'était pas de la soumission mais, davantage le sentiment qu'il y avait un fond de vérité dans ce que l'on me disait. Le présent me surprenait mais ne me semblait pas totalement étranger.

La seule chose à faire était de rappeler ma femme, de lui dire qu'il y avait méprise. J'étais décidé à annuler le divorce, à me remarier s'il le fallait et à la supplier de réintégrer la maison. Je voulais une maison pleine de vie avec des rires d'enfants.

Vite son numéro. Je sélectionne dans mes contacts le nom d'Elise. J'hésite un peu mais mon index presse sur l'icône vert. Elise ne répond pas. Au bout de cinq sonneries une voix sèche propose de laisser un message.

- « C'est à vous de parler »

Aucun son ne sort de ma bouche. Je raccroche.

Je tenterai ma chance plus tard. Je dois me débarrasser de cette robe de chambre. Je fais défiler les pantalons alignés dans le dressing. Je choisis le plus clair. Je l'enfile mais il est beaucoup trop long. J'opte finalement pour le jogging, trop long lui aussi, mais je replie le bas en plusieurs ourlets.

J'ai besoin de reprendre un café. Je n'ai plus aucun mal à trouver le chemin qui mène à la cuisine. J'ai déjà quelques repères.

Je verse le fond de café dans une nouvelle tasse. Je suis attiré par une radio munie d'une petite antenne, posée sur la table de travail. J'ai soudain envie d'être relié, d'entendre les soubresauts du monde, et me sentir intégré dans la collectivité. J'allume la radio, un journaliste m'informe qu'il est 14 heures et que Mathieu Vidal consacre son émission scientifique au lancement du LHC.

Je reste paralysé. Je n'y comprends rien. Je sais très bien que le LHC, le grand collisionneur de hadrons, l'accélérateur de particules le plus grand et le plus puissant au monde a été inauguré il y a plus de 10 ans, le 10 septembre 2008. J'ai déjà regardé des reportages sur les collisions d'atome à grande vitesse. Je sais aussi qu'en 2012 il a confirmé l'existence du boson de Higgs récompensé par le prix Nobel de physique.

France Inter a dû se tromper dans la programmation. Ils ont lancé à l'antenne une émission diffusée il y a plus de dix ans.

J'ai le sentiment qu'un grand nombre d'erreurs se sont produites depuis ce matin. Plus personne ne connaît sa partition, chaque membre de l'orchestre a décidé de jouer en léger décalé. Ces variations ne permettent plus de jouer harmonieusement. La symphonie se transforme en cacophonie.

Je ne panique pourtant pas. Je m'y refuse.

Nouvelle tentative pour appeler Elise. A nouveau son répondeur mais cette fois j'ai bien l'intention de lui laisser un message. Au moment où je prononce le premier mot, un bruit sec coupe l'enregistrement. Je renouvelle plusieurs fois l'opération. Sans succès.

Depuis la première heure de la matinée, je n'ai pas eu le temps de mettre un pied dehors. J'ai besoin de prendre l'air. Chaque appel téléphonique dans le vide me retire de l'oxygène. Je suis attiré par les saules pleureurs près de l'étang. Je ne les avais jamais vu auparavant. Et pour une raison simple, j'en suis persuadé, ils n'existaient pas avant cette nuit. Et ce ne sont pas de simples saules pleureurs, ils forment un tableau identique à celui qui s'offrait à mon regard lorsque je me promenais le long des berges de la Seine.

Je cherche des chaussures dans le vestibule. Pas le temps de les essayer. Le téléphone sonne à nouveau. J'ai bon espoir. Elise veut s'excuser, elle sait que j'aime les enfants, elle va revenir s'installer dans la maison et tout rentrera dans l'ordre. Au moment où elle franchira le seuil de cette porte, les saules pleureurs disparaîtront, le mur du jardin s'élèvera à nouveau et les camélias seront en fleurs.

- Allô Elise

- Non ce n'est pas elle. Désolé Paul. Je sais que c'est difficile pour toi en ce moment. Mais Elise ne reviendra pas.

- Qui êtes-vous ?
- Tu ne me reconnais pas ?
- Si bien sûr. Mais je m'étais assoupi.
- Ce n'est pas grave Paul. Je voulais juste te prévenir que la réunion de mardi prochain avec le CNRS à Genève est maintenue. Je t'attendrai à l'aéroport. Il y aura également un collègue allemand. Ne t'étonne pas j'aurais une pancarte à mon nom, Géraldine Duval, car il ne me connaît pas. Je peux compter sur toi n'est-ce pas Paul ? Nous devrons lancer la première expérience au LHC.

Cette fois je fus sur le point de lui dire que je n'y serai pas à Genève, que je n'y connaissais rien dans l'accélération des particules. J'avais bien lu quelques ouvrages de vulgarisation sur la mécanique quantique mais, j'étais bien incapable d'exercer en tant que physicien.

Je ne sais pas encore ce qui m'a retenu mais je ne lui ai rien répondu. Si juste deux mots « À mardi ».

En ce début d'après-midi, je tente, une nouvelle fois, de joindre mon épouse. Mais en vain. Je ne peux même pas laisser un message, le répondeur ne se met pas en route. Sa boite est certainement saturée ou tout simplement ne veut-elle pas se confronter à moi, elle refuse la réalité, ma réalité. Mais elle n'est pas la seule, mon soi-disant avocat, mes amis, mes collègues du CNRS, tous ces gens que je ne connaissais pas il y a 24 heures se mettent en scène. Pourtant mes sens sont en éveil, et, je ne peux que constater la réalité de cette maison, les conversations téléphoniques et les rendez-vous qui m'attendent.

Je dois bien l'admettre, depuis la nuit dernière je suis plongé dans une nouvelle vie. A cet instant, je ne me pose pas la question de savoir comment est-ce possible . Je sais qu'il n' y a aucune explication. Rien de rationnel. Il y a juste une chose à faire, ne pas sombrer, ne pas perdre mon énergie dans de vaines interrogations. Je dois me fondre dans ce nouveau décor. C'est un réflexe de survie.

Je me faufile dans ce nouveau cycle comme lors de ces soirées festives où l'on se lève de sa chaise pour rejoindre la ronde tournoyante autour des tables. Il faut juste s'insérer entre deux danseurs, dissocier le lien entre deux mains étrangères, proposer la sienne et tout de suite prendre le rythme des pas qui vous précèdent.

Je prends sur moi pour maîtriser un début de vertige. Je suis seul au milieu du salon, face à moi l'étang et les saules pleureurs. Envie soudaine de les rejoindre. Vite sortir, respirer, me rapprocher d'un lieu familier.

Près de l'étang tout se calme à nouveau. Les choses se remettent à leur place, la sensation d'isolement, de perte, d'absence de soi se diluent rapidement.

Les saules me relient à ces moments de fin d'adolescence lorsque la qualité d'attention fait naître une perception qui vous immerge dans un univers sans bord, sans impasse où tout est possible. Une intuition, un « insight » où se déploie une réalité joyeuse, non fragmentée et protectrice. Une énergie propre à dissoudre toute peur du passé et du futur.

Je ferme les yeux, mon état de conscience se modifie peu à peu.

Je ressens comme le début d'une liberté nouvelle, d'un détachement des choses du passé. Je passe d'un sentiment d'incompréhension à une certaine excitation. Je me sens à nouveau relié. Mais je ne suis pas relié avec mon passé ou une identité bien définie. Je ressens une résonance avec la vie, dans tout son mystère.

Je me pose la question de la relation avec l'Autre. Je ne ressens plus la nécessité absolue de m'identifier à un nom, une profession ou un cercle d'amis. N'est-il pas plus important d'être dans le mouvement de la vie, de s'adapter à toute sorte d'environnement. ? Tout cela ne serait-il rien de plus qu'un décor ?

Peut-être suis-je en train de délirer ? De chercher un motif de satisfaction dans ce tremblement de terre personnel pour en transcender l'incompréhension, et la peur ? Je n'ai peut-être plus que cette fuite, cette route vers la folie pour dépasser ce moment où je ne reconnais plus rien de mon passé.

Deux SMS me rappellent à ma nouvelle condition. Le premier me confirme le colloque au LHC à Genève et le deuxième me prie de ne pas oublier la soirée prévue aux Sables d'Olonne.

Je me dirige à l'intérieur de la maison lorsqu'une voiture s'arrête près de la porte du garage. De la Renault 14, flambant neuve, (celle qui a une forme de poire) sort une femme, la trentaine, cheveux châtains, coupés au carré, svelte. Je suis surpris par la voiture, il y a bien longtemps que Renault en a arrêté la production. Dix ans au moins, or la voiture paraît neuve, juste sortie de chez le concessionnaire.

La question reste en suspens, car, je suis surpris aussi par la rapidité des pas de cette femme. Il fallait que je réfléchisse vite. Ma situation était compliquée. Il y avait plusieurs hypothèses quant à son identité. Une femme qui souhaitait un renseignement, une amie de mon ex-épouse ou une de mes amies qui s'inquiétait de ne pas avoir de nouvelles ?

Mais en un éclair je me rends compte qu'il est possible que cette femme soit Elise. Et lorsque la femme ouvre le coffre pour en sortir deux valises et un carton, je n'ai plus le moindre doute. C'est elle !

Une vague de chaleur m'envahit immédiatement, la sueur perle sur mon front et ma vision se trouble. J'essaie de m'imprégner des traits de son visage.

Elle ne m'était pas vraiment inconnue mais je n'arrivais pas à la resituer précisément.

Elle n'eut aucun mal à me reconnaître. Plus elle s'avançait vers moi, plus j'avais envie de rentrer sous terre.

- Paul ! Aide-moi à sortir les autres cartons. Ne reste pas planté là !
  Tu m'entends Paul ! Je vais récupérer mes affaires, et, plus ce sera rapide mieux cela sera. Je n'ai qu'un seul souhait. Effacer toute trace de ma présence dans cette maison. Ah pardon, non de ta maison !

Je n'ai pas eu la force ni le courage de lui dire qu'il y avait méprise. Je n'étais pas celui qu'elle croyait. J'aurais voulu lui dire que j'aimais les enfants, que je n'aurais jamais divorcé pour cette raison et qu'il était encore temps de revenir vivre à la maison.

Mais je ne réussis qu'à annoner « oui, je vais t'aider ».

En débarrassant les cartons du coffre de la voiture je l'observe à la dérobée. Je suis à la recherche d'un détail corporel, d'une attitude caractéristique ou d'un geste familier. Mais aucun flash ne se produit. Je me concentre, fais défiler des centaines d'images, j'essaie d'élargir ma plasticité synaptique mais cela n'aboutit qu'à de vagues réminiscences

Je suis certain de l'avoir déjà rencontrée mais cela doit remonter à plusieurs années et j'ignore dans quelles circonstances.

-   Qu'est-ce que tu as à m' observer comme cela ? Tu ne crois pas que je vais transporter ces cartons toute seule ?!

Son corps se raidit, son front se plisse, et ses yeux se plantent dans les miens.

-   J'ai besoin de faire vite, Paul. Tu comprends ?

Je lui aurais bien proposé de prendre un café, de parler un peu, d'éclaircir cette histoire d'enfants mais je m'apercevais que ce n'était pas le moment.

Je lui dépose les cartons dans la chambre aux rideaux marrons. Elle me demande de la laisser seule. Elle n'a pas besoin de ma présence pour vider le dressing.

Pendant ce temps, je me dirige dans la cuisine pour préparer du café.

Une demi-heure plus tard, Elise a déposé les cartons et les valises près de la porte d'entrée.

-   Elise, tu ne vas pas partir comme cela. J'ai préparé un café.

Elle me regarde longuement, s'approche et paraît surprise. Puis les mots ont fusé sans prévenir

-   Il y a quelque chose de changer en toi Paul. Cela ne te réussit pas le divorce. Tu as vieilli, tu as de nouvelles rides sur le front et près des commissures des lèvres. Tu portes des lentilles maintenant ? Ta tache marronne dans ton œil droit a disparu !

J'ai eu la tentation de lui répondre

-   Non. Je n'ai pas changé, je t'assure

Au moment même où je voulais prononcer ces paroles, j'eus l'impression très nette de mentir. Non je n'avais pas changé, c'était bien plus que cela.

J'étais un Autre. Proche sans doute de celui que je devrais être, mais un autre quand même.

Une copie, le côté pile d'un être disparu qui avait soudainement caché sa face. Où était-il celui que j'avais habité, incarné toutes ces années, ces moments de vie avant cet endormissement de la nuit dernière.

Je suis présent dans ce corps, dans un environnement où tout le monde me connaît, ma femme, mon avocat, et mes amis. Mais moi je ne reconnais personne. Pas même la maison.

Bien sûr il y a bien quelques ressemblances, des similitudes dans la superficie du jardin, dans l''agencement des pièces de la maison, l'emplacement du lit dans la chambre…

Je suis vite reparti dans la cuisine pour verser le café dans une tasse. Je lui tends la tasse de café mais Elise continue son monologue.

- Lorsque l'on s'est rencontrés à la fac, n'est-ce pas toi qui m'a dit que tu ne pourrais pas épouser une femme qui ne voudrait pas d'enfants ? C'était notre pacte, Paul ! Tu le savais, pour moi aussi c'était important. Bon sang est-ce que tu te rappelles?

Sa voix monte d'un cran après chaque phrase.

- Et puis tu es parti l'an passé quinze jours à Genève avec ton assistante. Pendant ces deux semaines, tu ne m'as pas donnée une seule fois de tes nouvelles ? Nous qui avons l' habitude de nous parler chaque jour, même parfois au bout du monde lors de nos déplacements.

Pas une fois, Paul, pas un coup de fil, pas un SMS ! Comme si tu avais été aspiré par le LHC.

J'ai du mal à garder la tasse en équilibre, le sol remue sous ses coups de talon.

-   Et au bout de quinze jours tu es revenu, sans prendre la peine de me donner une seule explication. Et sans même te préoccuper de moi. Si j'allais bien, si je n'avais pas été trop inquiète, si je n'avais pas appelé ta famille, tes amis, la police !
    Et sans autre explication tu me dis « Je ne serai jamais père »

J'aurais voulu la faire asseoir, la mener dans le salon, lui indiquer le canapé pour une pose mais la tempête déferlait et je n'y étais pas préparé.

-   Si tu crois que je n'ai pas vu dans ton jeu Paul. Tu n'as pas été aspiré par le LHC mais bien par cette bécasse d'assistante ! Si quinze jours passés avec une autre femme , cette astrophysicienne qui sort de je ne sais quel trou noir, te suffisent pour casser notre couple ! Alors merci à elle. Mille fois merci de m'avoir ouvert les yeux Paul.

Elle prend ses deux valises et se dirige d'un pas rapide à sa voiture. Au lieu de la retenir, de la prendre dans les bras, de crier plus fort qu'elle, je ne sais pas pourquoi j'ai pris les cartons qui restaient et les ai mis dans le coffre de sa Renault 14.

Juste le bruit de la portière avant qui claque, les pneus qui crissent sur les gravillons. Elise est partie et je reste seul.

Je suis resté un long moment assis au bord du canapé du salon. L'espoir de convaincre mon ex-épouse s'était envolé. Pourquoi s'obstiner à reconstruire le passé ? Ce temps dont j'avais oublié presque tous les événements. N'était-il pas préférable d'accepter cette situation, de m'inscrire dans cette nouvelle perspective de vie ?

Je devinais que s'il y avait une explication, elle ne m'était pas encore accessible. Pourtant j'avais l'intuition d'une certaine permanence. Mais celle-ci ne se trouvait pas dans les événements extérieurs à mon être. Si j'avais le sentiment d'une certaine continuité, elle était imperceptible pour les autres, elle était nichée dans les interstices de mon être.

Au fur et à mesure de ce questionnement, le calme revint. Je m'imprègne de ce nouveau silence. J'en ai besoin pour assumer les obligations liées à ma nouvelle vie. Je dois préparer mon voyage pour Genève. Le dernier SMS reçu indique que tout est pris en charge. Il confirme les horaires du vol, la réservation de l'hôtel et les différentes conférences programmées dans le cadre du colloque sur les super symétries.

Si j'ai échoué avec Elise, j'espère bien en savoir davantage sur mon passé avec mes soi-disant collègues du CNRS. Peut-être me confirmeront-ils que je ne suis pas ce Paul Jardin qui me colle à la peau depuis ce matin. Les scientifiques sont des gens rationnels, ils m'expliqueront, s'il le faut par toutes sortes d'équations et de principes certains ou d'incertitudes, qu'il est normal un jour dans sa vie, de se réveiller un matin dans le corps d'un autre.

Je rentre dans la chambre pour vérifier si l'un des costumes est plus ou moins à ma taille. Tout est en désordre. Elise a renversé la moitié de mes habits ou plus exactement de celui qui les portait avant moi. Ils sont étalés à même le sol.

Je remarque une petite clé sur la moquette, près du côté du dressing où étaient rangés les vêtements de mon ex-épouse.

Cette partie du dressing est vide. Contre le mur se dessine une serrure. Est-ce un trompe l'œil ? Un nouveau pied de nez de la réalité ?

Je saisis la clé, l'approche de cette serrure imaginaire. Non la serrure est bien réelle, elle fait partie d'un petit ensemble, un petit coffre-fort dissimulé entre deux briques de pierre.

J'essaie de sortir le coffre de son emplacement mais il résiste. Je prends la clé et l'insère dans la serrure. Elle s'ajuste parfaitement, et, en la tournant d'un demi-tour, elle ouvre la petite porte.

Pour tout trésor, j'en retire un petit coffret en bois de malachite décoré d'un paysage des hauts plateaux malgaches. Une scène de récolte de riz. Le coffret renferme une lettre. Elle provient du CHU de Nantes.

Trois lignes et la signature du médecin présent lors de l'accouchement de madame Marguerite JARDIN. Il est constaté la naissance du petit Paul, 1kg 6OO. Il y est ajouté que malgré tous les efforts prodigués par l'équipe médicale, il n'a pas été possible de sauver son frère jumeau, Pierre.

Assis au bord du lit, je relis plusieurs fois la lettre. Je n'arrive pas à me détacher de ces trois derniers mots, FRERE – PIERRE – JUMEAU.

Je ne sais pas si je dois m'en réjouir, ou, si ces informations obscurcissent encore un peu plus ma nouvelle vie.

J'ai donc un frère. Ce frère que j'ai toujours regretté de ne pas avoir eu.

Mais Il était là avec moi, pendant ces mois où nos corps se formaient, où nos sens déjà en alerte, tissaient nos liens. Deux fœtus, deux vies, liées à jamais.

Je me souviens de ces moments, où jeune enfant, je ressentais une présence forte et mystérieuse. Je la percevais mais je ne pouvais pas la nommer.

Lorsque les adultes m'excluaient de leur monde, par leur violence ou leur indifférence, je me laissais guider vers un espace intérieur, familier où je trouvais réconfort et espoir. J'éprouvais souvent cette nostalgie de l'absence.

Mon frère était-t-il mon guide ?

Combien de temps a-t-il survécu après ma naissance ? Quelques secondes peut-être, le temps d'un ultime soupir. Cet instant de vie prénatale où il s'est incarné, a-t-il suffit à le faire vivre dans un espace d'énergie plus vaste ?

J'aurais préféré qu'il survive dans ce monde.

Je suis toujours assis, face au dressing, et j'imagine les jeux que l'on aurait pu partager. Des parties de cache-cache.

Apparaître. Disparaître.

Je ne cherche pas à connaître les raisons du silence de mes parents. Je n'ai pas le temps de trouver des explications, je dois agir pour éviter de sombrer dans un état de sidération.

C'est une impression étrange, une expérience de vide et de liberté à la fois. Je suis ancré dans cette réalité, dont j'ignore l'essentiel, mais je ne me sens pas seul. Est-ce la présence de mon frère jumeau ou la connaissance, par un sens encore caché, d'une source de vie accessible à tous, ou, seulement une illusion pour surmonter la peur de l'inconnu ?

Il me faut revenir aux aspects pratiques des choses, trouver de quoi m'habiller. Revenir aux fondamentaux, aux besoins primaires, physiologiques.

J'essaie tous les pantalons alignés sur les cintres du dressing. Aucun vêtement n'est à ma taille, les pantalons sont beaucoup trop longs, les chemises trop larges. il est impensable de partir à Genève avec un tel accoutrement. J'ouvre les tiroirs à la recherche d'un chéquier, d'un portefeuille, d'un moyen de paiement pour m'acheter un costume. Les chaussettes, cravates, sous-vêtements sont mis à terre. À leur côté un porte carte est tombé sur la moquette près du lit.

Je l'ouvre et j'y découvre avec soulagement une carte ressemblant à une carte de crédit au nom de Paul Jardin. Il n'y figure aucune date de validité, peut-être n'est-elle pas utilisable ? Mais c'est ma seule chance de pouvoir m'acheter des habits à ma taille.

Je décide de rester en jogging, dont j'ai dû faire deux ou trois ourlets pour ne pas risquer de trébucher. Je me décide à affronter le monde extérieur. Une certaine méfiance me gagne, et si d'autres surprises survenaient ? Je prends le risque, et, je sors à la recherche d'un magasin de vêtements.

J'erre un long moment dans les rues silencieuses de ce quartier résidentiel. À quelques dizaines de mètres, la circulation automobile se fait plus dense. Les véhicules empruntent une avenue un peu plus large. J'aperçois quelques enseignes lumineuses. L'une d'elle propose des remises jusqu'à moins 50 % sur les costumes.

Je suis un peu surpris par l'accueil du vendeur. Il me reconnaît et me demande si je suis satisfait de mon dernier achat, un pantalon de velours côtelé.

Il y a fort longtemps que je ne porte plus ce genre de vêtement mais je lui assure que j'en suis fort content.

-   Nous venons de recevoir la nouvelle collection

Pour la réunion de Genève, j'opte pour un costume classique, gris anthracite.

-   Taille 46, comme d'habitude ?

- Non je vais essayer du 42 cette fois.
- Ce n'est pas votre taille, vous serez beaucoup trop serré.

Je tente une explication.

- J'ai un peu maigri ces temps-ci. Une longue séance de jeûne. Un nouveau régime assez révolutionnaire !
- Vous avez raison, le 42 vous va très bien ! Si vous pouviez me donner votre recette ? Votre régime est efficace pour le moins.
- Des années de méditation !

Au moment de payer, je me raidis, je n'ai pas pensé au code de la carte ! Heureusement, le vendeur me prend la carte et la passe sous un grand fer à repasser…Je suis sauvé.

- Au revoir monsieur Jardin.

Je suis impatient de connaître mes collègues physiciens à Genève, au centre LHC.

J'y vais avec le ferme espoir de trouver une explication rationnelle à tous ces changements survenus depuis ces dernières vingt-quatre heures. Je dois leur expliquer qui je suis.

Cette simple pensée me paralyse. Qui je suis, justement, je ne le sais pas. Je ne le sais plus. Ils se rendront vite compte que je n'ai aucune connaissance dans la physique des particules.

Je ne sais pas pourquoi, mais je ressens la nécessité d'en savoir un peu plus sur ce domaine. Je connais très peu d'auteurs qui traitent de ce sujet. L'astrophysicien Stephan Hawking est le seul que je connaisse un peu. Je demande à la vendeuse son dernier ouvrage sur les trous noirs et les dernières expériences du LHC. Elle me soutient qu'il n'a jamais écrit rien de tel et qu'il vient de sortir son premier livre « une brève histoire du temps ».

Décidément ce temps me joue des tours et je n'ai pas le cœur à la contrarier.

J'avais noté son nom, lors de son appel téléphonique, Géraldine Duval. Elle est cheffe de service de la physique des particules au CERN. C'est elle qui m'accueille à l'aéroport de Genève. Comme prévu elle tient une pancarte à son nom, afin de pouvoir récupérer un nouveau collègue allemand.

Elle me salue de loin. Je ne la connais pas. Elle est grande, brune aux cheveux longs, porte une veste noire et un « jean ». Je lui fais un petit signe à mon tour.

Je récupère ma valise, j'essaie de retrouver les mots répétés dans l'avion. Cette fois ne pas flancher, lui avouer que je ne suis pas physicien.

J'ai en tête ce que je dois dire. Madame Duval, ce que je vais vous dire est étrange. Ce matin je me suis réveillé dans l'univers d'un homme dont je ne me rappelle rien. J'ai appris que je me nomme Paul Jardin mais c'est comme une nouvelle naissance.

Je suis prêt, je m'approche de Géraldine Duval, l'impact est imminent. Je vais lui parler mais ….

- Bonjour Paul. Tu as l'air en pleine forme. Je suis très heureuse de ta présence pour lancer la première expérience du LHC.

- Bonjour, mais….

- Je vois que tu as lu le premier livre de ce génie d'Hawking !

J'avais eu le malheur de ne pas avoir rangé le livre que je tenais encore dans ma main gauche.

Géraldine m'explique pendant de longues minutes les expériences projetées par le célèbre astrophysicien. Moi qui ne connais rien à la physique, j'en sais davantage sur ces travaux ! Les projets mentionnés par Géraldine avaient déjà été réalisés !

- Il est persuadé que les trous noirs ne sont pas des prisons éternelles, que des informations peuvent en ressortir.

Je m'abstiens de lui répondre que l'évaporation quantique des trous noirs est connue sous le nom de « radiation de Hawking ». J'aurais ajouté à la confusion.

Elle me dit que ce Hawking est fou et part d'un grand rire. J'en reconnais le son. Oui j'ai déjà entendu ce rire, si particulier, un rire très sonore. Mais là encore je ne parviens pas à le resituer dans le temps et dans l'espace.

Au moment où je vais enfin pouvoir lui expliquer que je ne suis pas celui qu'elle croit, elle agite précipitamment sa pancarte au-dessus-de sa tête. Les voyageurs de l'avion en provenance de Berlin ont déjà récupéré leurs valises. Karl, l'astrophysicien allemand, se dirige vers Géraldine. Il est trop tard pour moi.

Il n'y a plus de place pour mon histoire. Géraldine et Karl sont impatients d'étudier les détails de la préparation de cette première expérience. Elle nous propose de déjeuner dans un restaurant à la sortie de l'aéroport.

Je suis impuissant face à cette nouvelle accélération des événements. Je suis entraîné dans cette conversation, plongé dans ce monde qui m'est imposé. Ma nouvelle vie s'écoule sans que je puisse m'identifier à celui qui me porte. Je respire dans la peau de Paul Jardin par procuration. Je lui emprunte toute son histoire, celle que je n'ai pas réellement vécue, même si rien ne m'est véritablement étranger.

Je ne pense même plus à les interrompre. Je m'immerge dans cette conversation, je prends la situation telle qu'elle est.

J'y prends presque plaisir. La vie est une suite d'adaptation. Nous changeons de rôles sans que l'on en soit pleinement conscient. Notre identité se transforme tout au long de nos temps de vie.

Le repas est de plus en plus animé. Aujourd'hui le LHC va lancer sa première grande expérience. Géraldine nous fait partager son enthousiasme.

- Cet après-midi nous allons vivre un moment historique. Nous serons tous les trois dans le centre de contrôle. Le premier faisceau sera injecté dans le Gand collisionneur de hadrons pour faire le tour complet de l'anneau de 27 kilomètres qui abrite l'accélérateur de particules le plus puissant du monde. Des détecteurs seront mis en place pour observer les myriades de particules issues des collisions.

Je ne pus que balbutier mon bonheur d'être à leurs côtés pour ce moment « historique ». Je suis soulagé également de ne pas être mis en situation de tester mes connaissances scientifiques, mais, d'être invité en simple observateur. Karl semble plus fasciné par ce que le LHC pourrait découvrir lors des futures expériences.

- Géraldine, Paul, vous savez très bien que tout cela n'est rien par rapport à nos attentes. Vous savez que nous voulons découvrir le boson de Higgs. Sa détection nous permettrait de tester certaines théories.

Je me sens obligé d'intervenir, démontrer mon implication.

- Lesquelles ?

- Une théorie qui me semble très prometteuse. Celle de la supersymétrie. Elle prédit que chaque type de particule connue possède un alter ego appelé super partenaire. Ce super partenaire, que l'on n'arrive pas à observer, expliquerait la masse manquante de l'univers.

Chaque particule existerait sous forme de matière et son alter ego sous forme d'anti matière, invisible à nos yeux.

La suite de la conversation m'échappa complètement. Mes connaissances et le vocabulaire scientifique étaient insuffisants pour pouvoir comprendre la teneur de la suite de leurs propos. Mon attention se focalise sur le mot Alter ego. Si chaque particule possède son alter ego, est-il possible que chacun d'entre nous puisse avoir aussi le sien ? Des alter ego pour chaque individu, des frères jumeaux et des sœurs jumelles en quelque sorte.

Mon séjour à Genève ne m'avait pas permis de lever le voile sur ma nouvelle réalité. Mais le discours, que m'avait tenu Karl, sur la supersymétrie et les particules jumelles, m''avait ouvert tout un champ de résonance intérieure. Intuitivement, je percevais la beauté de la vie, la force des énergies libérées lorsque l'individu n'était plus dans le repli de son identité.

Un mot infusait depuis mon retour à Nantes. Ce mot était celui d'alter égo.

Je connaissais le mien, il se nommait Pierre, mon frère jumeau.

Karl avait parfaitement décrit la réalité du mécanisme des particules jumelles. L'une était observable directement, l'autre ne l'était pas à nos sens, mais, seulement perceptibles par l'interaction avec son environnement. .

Pierre est mon alter ego, invisible aux yeux de ce monde mais bien vivant en moi.

Je renonce à m'interroger davantage. Depuis cet éveil, tout avait été une suite de renoncements. Tout ce que je n'avais pas pu ou voulu dire à mon « avocat », à « «mon épouse », à « mes amis », à mes « collègues astrophysiciens ». Mais ces renoncements successifs, cette absence d'affirmation de soi, cette identité oubliée ne me plongent pas dans le désespoir. Je vis délesté du poids de la mémoire, vierge des scories du passé et des blessures laissées par des relations incomprises.

Je ne ressens plus que l'urgence de vivre. Ici ou ailleurs.

Cet état de bien être est interrompu par la sonnerie du téléphone.

J'hésite à décrocher. Que vais-je encore apprendre sur ma nouvelle vie ?

- Allo Paul ?

- Allo ! Oui ici Paul. Paul Jardin. Paul Jardin, divorcé. Paul Jardin, divorcé, astrophysicien .

Je débite d'un ton mécanique mon pedigree appris lors de ces dernières 48 heures.

- Oui je sais tout cela Paul ! Que t'arrive-t-il ?

- Rien je t'assure, tout va bien, je viens de me réveiller, voilà tout.

- Je t'appelle pour te confirmer notre repas de ce soir. N'oublie pas. 19 rue des barrières. Les Sables.

J'avais complètement oublié cette soirée. J'aurais pu lui dire que je ne pourrai pas m'y rendre mais là encore c'est comme si je n'avais pas le choix. Je devais affronter ce que la vie me proposait.

Il est 13 heures, je n'ai pas une minute à perdre. Je n'ai pas le choix des vêtements. J'enfile mon costume gris anthracite, vérifie que la carte de paiement est bien dans ma poche intérieure. Une trentaine de minutes de marche entre la route de Paris et la gare de Nantes. Le train corail pour les Sables d'Olonne est annoncé à 15 heures voie 4.

Ce voyage pour les Sables d'Olonne, je l'avais fait à plusieurs reprises quand j'étais adolescent. Je me rappelle de l'arrêt à cette petite gare de la Mothe-Achard. Dernier arrêt avant les Sables d'Olonne , dernier arrêt avant le bord de mer. Tous les étés, les mêmes paysages défilaient, La Roche sur Yon, les campagnes vendéennes et puis cet arrêt à la Mothe-Achard qui était le signal de l'arrivée imminente. On se demande à la fin de chaque été si l'on refera encore une fois ce voyage. Et puis un jour tout s'arrête et le voyage qui nous était familier s'efface par petite touche de notre mémoire, se rétracte en arrière-plan.

Je suis heureux aujourd'hui de refaire ce voyage. A l'arrêt à la gare de la Mothe-Achard resurgissent les souvenirs liés à la joie de s'abandonner quelques semaines à l'insouciance des vacances, aux promesses d'après-midis ensoleillés sur la plage, aux concours de sculptures sur sable, aux parties de foot ou de jokari et aux nouvelles rencontres qui feront naître, avec un peu de chance, les premiers frissons amoureux.

Je n'eus aucun mal à retrouver le chemin qui mène à la rue des barrières. Sur l'étiquette de la sonnette était toujours indiqué le nom de madame Laforêt. Dès la première sonnerie, un chien se met à aboyer. Je me rappelle du nom du chien de madame Laforêt, Chloé. Mais il était déjà vieux et c'est certainement un autre chien qui aboie derrière la porte. Ce n'est pas elle qui m'ouvre mais mon ami Alain. Il s'évertue à faire cesser les aboiements du chien. Un gold river identique à Chloé.

Alain me reconnaît immédiatement, me prend dans ses bras, une accolade un peu virile. Il ne m'est pas inconnu, mais je serais bien incapable de me souvenir de notre dernière rencontre.

Il me fait patienter au salon. Les autres invités ne tarderont pas me dit-il. Il repart à la cuisine finir de préparer le repas.

C'est étrange mais je sens que mes forces me quittent.

On tape à la porte du salon. Une femme rentre. Il me semble que c'est Elise. Elle a vieilli depuis hier où elle est venue récupérer ses affaires. Sa colère l'a quittée. Elle me sourit maintenant.

- Paul ! Je suis heureuse de te voir

- Pourtant ce matin, tu semblais en colère. Je n'ai pas eu le temps de te dire que j'étais prêt à avoir des enfants.

- De quoi me parles-tu Paul. Il y a si longtemps. Tout cela est du passé. Depuis notre divorce il y a dix ans déjà, beaucoup de choses ont changé.

- J'aurais dû lui dire que notre divorce ne datait que de la veille mais je renonçais une nouvelle fois.

Je dois m'asseoir dans le canapé. Ma vue se brouille, je me sens attiré dans un nouvel espace.

On frappe à la porte du salon. Un nouvel invité. Il est grand, blond, il ressemble à Karl, l'astrophysicien. Celui que j'ai rencontré à Genève. Lui aussi avait terriblement vieilli. Il tenait à la main le dernier livre de Stephan Hawking sur les trous noirs et un article sur les dix ans du LHC.

- Paul ! Heureux de te revoir mon vieux. J'ai oublié de te dire que le service médical du LHC souhaite que l'on se soumette à un examen en urgence. Il a

50

convoqué toutes les personnes présentes aux premières expérimentations il y a dix ans. Juste un truc à vérifier. Il semble que nos cellules, nos particules aient été altérées. Nous pourrions être soumis à un risque de fluctuations de nos particules.

Mes forces m'abandonnent presque totalement. Je lui réponds dans un dernier souffle.

-    une fluctuation de l'alter ego ?

On me prend par le bras, m'accompagne dans la chambre et m'allonge sur le lit.

Je ne suis déjà plus conscient à ce monde.

Dans quelques heures, à son réveil, Paul repartira avec Elise et reformera un couple uni. Le lendemain il rejoindra Karl et Géraldine et participera aux prochaines expériences du LHC.

Moi, Pierre, je suis retourné dans mon monde passé. J'avais fluctué et pénétré dans la vie de Paul pendant 48 heures. Depuis ma séparation avec mon frère jumeau, lors de mon décès à la naissance, je vis dans la nostalgie de cette absence.

Là où je suis je le sens très proche, comme lui doit sentir cette présence qui l'accompagne comme un ange gardien.

3
Monsieur Néau

Monsieur Néau est dans son lit, allongé sur le dos, les yeux fermés. En cette matinée estivale, sa chambre située sous les toits, laisse filtrer un léger trait de lumière

On perçoit les mouvements rapides de ses paupières, monsieur Néau se perd dans un nouveau rêve. Le chat blanc et noir vient de rentrer de sa virée nocturne, fourbu d'avoir guetté en vain quelques mulots. Il saute sur le lit et se blottit contre le flanc droit du rêveur.

Des mouvements presque imperceptibles animent ce corps endormi. Au bout de quelques secondes son bras droit s'étire doucement vers le mur. Le chat réajuste sa position en l'accompagnant d'un léger miaulement de désapprobation.

La lumière se diffuse plus largement dans la pièce et éclaire le visage de monsieur Néau. Il n'est pas encore sorti complètement de son rêve et flotte dans un espace éthéré à la lisière de sa conscience. Son corps vient de basculer sur son bras gauche, ses jambes se replient comme si tout son être voulait garder cet instant de douceur, ce moment où il est encore délesté de tous les apparats de son identité.

A cette minute, son existence s'écoule dans une gangue où s'entremêlent son corps, son esprit et l'espace. Mais cette matrice, imperceptiblement, seconde après seconde, devient un peu plus poreuse. Elle s'entrouvre légèrement. C'est le moment de tous les possibles. Le moment de l'expulsion dans un vide créateur. L'ouverture est maintenant suffisamment large pour que l'esprit se glisse en dehors de la matrice. Quelque chose, qui est en lui et en dehors de lui, accompagne la dilution progressive de ce moment d'unité.

Le chat vient de glisser à ses pieds, dérangé par les mouvements de plus en plus saccadés de son maître.

Monsieur Néau se tourne sur le ventre, enfouie sa tête sous l'oreiller, se tasse dans le creux du matelas. Il se recroqueville au bord du lit dans l'espoir de créer un bouclier contre les premières pensées destructrices de cette entité hybride qui héberge une partie de lui-même. Malgré ses intentions, ce monde non fragmenté où se nouent des liens universels avec tous les vivants et les morts s' éloigne peu à peu.

D'un rebond brusque, son corps rejoint le centre du lit et serpente le matelas pour creuser un trou de vers, échappatoire aux nuages prêts à déverser leur lot de pensées contradictoires. Son esprit s'acharne à creuser un tunnel vers un monde inconnu mais son corps ne le suit pas. Les premières images d'un environnement intérieur se forment. Il tente de les effacer de son écran, mais elles le colonisent par vagues successives.

Une à une des pensées pénètrent son espace mental. Elles déclenchent l'étirement soudain de ses bras et de ses jambes. Le chat en déséquilibre rétablit la situation et atterrit sur le parquet de chêne blond. Il gratte convulsivement la descente de lit.

Les paupières de monsieur Néau s'entrouvrent et une première injonction se propage dans son esprit comme une onde après le jet d'un caillou dans la rivière.

Il essaie une fois encore de se concentrer pour revenir à son état de veille mais rien n'y fait. Il se rapproche de la terre ferme, les îles visitées cette nuit ont disparu dans la brume d'un temps mystérieux. Pourtant, il avait bien cru avant son éveil que cette fois-ci il tenait la clé de l'énigme. Mais ce n'était qu'un mirage, une perception sans concrétisation matérielle.

Son corps est immobile, allongé sur le dos, une enveloppe recouvre lentement toutes les parties de son être. Cela lui tire un peu, comme une combinaison trop petite que l'on essaierait de lui enfiler de force. Maintenant tout semble être à sa place. Les unes après les autres, les actions passées, toutes ses joies et tous ses doutes reviennent progressivement à la surface.

Le chat commence à gratter à la porte, essaie de faire glisser sa patte dans le minuscule interstice près du mur. La porte lui résiste.

Monsieur Néau se demande si l'instant, où il était dans cet espace insécable, a disparu définitivement ou s'il en reste une empreinte dans le temps. Si ces particules virtuelles qui créent des mondes nouveaux se désagrègent subitement lorsqu'on reprend conscience de son existence, lorsqu'il y a réification de son identité chaque matin.

Le chat est récompensé de sa persévérance. La porte s'entrouvre.

Monsieur Néau veut se lever mais ses jambes sont lourdes. Il n'a pas le temps de s'en inquiéter. Deux enfants rentrent dans la chambre. Ils l'appellent Papa.

Hier il n'avait pas d'enfant. Mais il sait qu'il les connaît, car sa mémoire est remplie de moments partagés avec eux. Pourtant c'est le premier jour qu'il les rencontre dans ce monde ci.

Il leur sourit. Ils lui rappellent tout ce qu'il avait promis la veille.

4
Un dimanche sur deux

Un dimanche ensoleillé. Sa petite tête blonde se porte à la hauteur de la fenêtre de la cuisine. Il a dû grimper sur le tabouret en plastique orange placé sous la table en formica. Il est presque dix heures. Il le guette.

Pour l'instant il n'aperçoit que les platanes au milieu de l'esplanade entourée par une rangée d'HLM couleur ocre. Il doit veiller à ne pas le faire attendre trop longtemps.

Aucune sonnette ou interphone pour le prévenir de sa présence. Celui qui doit venir le chercher pourrait monter les deux étages et frapper à sa porte, mais il sait qu'il ne le fera pas. Peut-être lui a-t-on interdit de venir jusqu'à lui ? Il ne sait pas ce qu'on lui autorise ou pas.

Cinq minutes plus tard, il se hisse sur le bord de l'évier et tire le petit rideau dentelé de la fenêtre. Il est en équilibre, il lui suffirait de prendre son élan pour basculer de l'autre côté. Il est habitué aux autres côtés dans sa vie. Selon le côté où il se trouve, les histoires qu'on lui raconte sont différentes ou incomplètes. Parfois le conteur en oublie tout un pan ou omet une précision importante. Il reprend alors le fil du récit pour le compléter, le rendre intelligible à son cerveau de huit ans. D'autres fois il sait très bien que celui qui raconte l'histoire invente, ment, tord la vérité pour se montrer à son avantage. Il ne fait jamais remarquer les incohérences de leur récit. Il sait déjà équilibrer les choses, les rendre acceptables pour chacun des deux côtés.

De la fenêtre, son regard scrute l'horizon, mais il ne le voit toujours pas. Viendra-t-il avec sa petite voiture de marque italienne ? L'a-t-il déjà cassée ? Lors d'un repas, il a entendu que l'homme avait eu un accident et que « c'était normal » puisqu'il conduisait les voitures comme il se conduisait dans la vie. Il entend souvent des choses sur lui. Il aimerait mieux ne pas les entendre, les mots rentrent trop profondément en lui. « Il est toujours instable, sans continuité dans ses idées, bifurquant dans la vie sans mettre de clignotants, imprévisible sur les routes comme dans son travail et ses relations aux autres. On ne peut pas lui faire confiance. Et d'ailleurs il n'a pas payé le mois dernier. » Mais le petit garçon ne sait pas ce qu'il n'a pas payé.

Il descend de l'évier, son pied glisse sur le tabouret et son genou heurte le sol. Le bruit attire l'attention d'une femme. Elle crie, quelques mots cisaillent l'espace « Il est encore en retard, et je n'ai rien prévu à manger pour toi ce midi ». Ses mots à lui sortent difficilement de leur gangue « il va venir, il me l'a promis ».

Le garçon veut la rassurer, mais il n'est plus tout à fait certain qu'il viendra. Il a seulement acheté un peu de temps. C'est vrai, il y a quinze jours, il n'est pas venu. Mais il en connaît la raison. Il ne l'a pas répété, car il ne fallait pas leur dire. De chaque côté on lui dit de ne pas leur dire. Ils n'ont pas à savoir. Comme deux armées préparant leur stratégie, le mot d'ordre est secret pour mieux surprendre l'adversaire.

Il se frotte le genou, encore un bleu.

Il retourne dans sa chambre, sort son jeu de quilles et sa balle jaune en plastique. Il improvise un match sur son tapis vert. Les quilles se transforment en joueurs de son équipe préférée. Les rouges s'emparent de la balle, tirent de toute leur force. La balle tape le pied de son lit, c'est le signe que le but a été marqué. Le temps que les bleus égalisent et il revient à sa réalité. Il bondit hors de sa chambre, les quilles sont à terre. Il fonce vers la cuisine, dérape sur le lino de l'entrée, se cogne à l'encoignure de la porte de la cuisine, shoote sur le tabouret et d'un bond se hisse sur l'évier.

Il est là. Il fait les cents pas. Depuis combien de temps est-il arrivé ? Il n'aurait peut-être pas dû commencer à jouer dans sa chambre.

Le petit garçon ouvre la buanderie d'un geste brusque, fait valdinguer ses baskets, tire sur la manche de son blouson. Tout est à terre. Il lance à la femme « il est là, je descends, à ce soir »

Juste le temps de déposer un baiser rapide sur sa joue.

Il dévale les deux étages, ses lacets mal serrés manquent de le faire trébucher, il saute les quatre dernières marches, ouvre la lourde porte de l'immeuble et traverse la route.

L'homme lui fait signe. Il le rejoint en courant. Un baiser rapide sur la joue. Il est venu sans sa voiture. La fiat 500 n'a pas survécu à un dérapage sur le périphérique parisien.

Ils commencent leur marche dominicale. Le petit garçon n'ose pas lui demander où ils passeront la journée. Il espère secrètement que l'homme se souvienne de sa promesse du dernier dimanche, un dimanche semaine impaire. Un sourire éclaire son visage lorsque l'homme lui annonce qu'ils iront voir courir les chevaux. Le chemin est long jusqu'à l'hippodrome enserré dans le bois de Boulogne. Heureusement l'homme a emporté son radio cassettes. Il ne connaît pas les chansons qui tournent en boucle. Elles parlent d'amoureux sur les bancs publics, du Temps et des choses qui s'en vont avec lui ou d'un aigle noir qui rôde dans la chambre d'une petite fille. Il aurait préféré les chansons des 45 tours qu'avale son mange-disque. Des balades en Amérique ou sur les Champs-Elysées, de Lundi au soleil ou d'une Vanina qui aurait oublié son amoureux.

Le garçon a soif. Ils rentrent dans un café à quelques dizaines de mètres du pont de Suresnes. L'homme commande un demi et un diabolo menthe. Il lui tend un jeton qu'il insère dans le jukebox. Ils se dirigent vers le baby-foot au même moment où les premières paroles de la chanson évoquent un téléphone qui pleure.

L'enfant est pressé de voir les chevaux. Sur le pont de Suresnes, l'hippodrome de Longchamps se dévoile. Ils aperçoivent les tribunes et le petit moulin.

Aujourd'hui la foule se presse, c'est la plus belle course de l'année. Le championnat du monde des chevaux pour courses de plat, le prix de l'Arc de triomphe. A l'entrée une foule bigarrée, d'un côté des hommes en smoking et des femmes ornées de chapeaux excentriques et de l'autre des gens dont les habits sont semblables à ceux de l'homme qui l'accompagne. Les uns se dirigent vers le pesage et le restaurant panoramique, les autres vers la pelouse et les vendeurs de sandwichs. Cela se confirme la vie est séparée en deux côtés bien distincts. Le garçon aimerait bien les faire se rencontrer, se parler, se comprendre, s'aimer aussi. Pourquoi pas ? Comme il aimerait aussi que cet homme et cette femme se réunissent du même côté.

Au rond de présentation, le blondinet n'a de yeux que pour ce bel alezan. Son jockey à la casaque mauve lui tapote l'encolure, lui parle doucement, le remet dans ses allures lorsqu'un début d'énervement risque de lui faire perdre son influx. Le garçon tire sur la manche de l'homme et le supplie de le jouer, de parier sur ce numéro 4.

« joue-le, joue-le il va gagner ». Mais l'homme parie bien davantage que sur un seul cheval. Il a déjà beaucoup parié et perdu lors des courses précédentes. Comme beaucoup, il repartira les poches vides, à quêter le prix d'un ticket de métro pour rentrer dans sa lointaine banlieue.

Il est tard, la dernière course vient de s'achever. L'enfant ne parle plus. Il regarde l'horloge de l'hippodrome. Il est déjà 18 heures. Il se rappelle que la femme lui a dit de ne pas rentrer trop tard. Il ne répond plus aux questions, n'apprécie plus le spectacle. Il se fige. Il presse la main de l'homme.

Le retour est fatiguant. L'homme a le visage triste, il aimerait se laisser aller aux confidences. Lui dire que c'est difficile, qu'il n'est pas aimé et qu'il n'est pas certain de pouvoir venir le voir dans deux semaines, le dimanche semaine impaire.

En bas de l'immeuble, l'homme lui confie qu'il ne viendra pas dans quinze jours.

« c'est parce que tu n'as pas payé ? »

« c'est parce que ta famille ne m'aime pas »

« non c'est parce que si tu ne paies pas, je ne pourrai pas partir en voyage scolaire. Mais tout le monde t'aime».

Il sait qu'il doit lui dire cela. Le rassurer lui aussi.

Son père l'embrasse et avant de le quitter lui offre un petit camion rouge. Le garçon le met dans sa poche et se précipite dans les escaliers. Il monte les deux étages au sprint, sonne à la porte, se crispe.

La femme ouvre.

- Dépêche-toi, la soupe refroidie. Où ton père t'a traîné aujourd'hui ?

- J'ai vu les chevaux courir, il y avait un bel alezan, Mais il a perdu la course et on n'a pas gagné d'argent.

Il se mord la lèvre, il n'aurait pas dû parler d'argent. Il sait qu'il doit maintenir ce fragile équilibre.

Le téléphone sonne.

Il débarrasse son assiette et prête l'oreille à la conversation. Tous les dimanches, et principalement les dimanches semaine impaire, sa grand-mère téléphone.

Un petit interrogatoire.

62

- Oui comme d'habitude. Il a été aux courses, tu imagines à son âge ! Et après il ne pourra pas payer la pension ! Et puis il fréquente les cafés, l'emmène boire au bistro. Dans deux semaines je le garde à la maison, plus de visites s'il ne paie pas.

Le petit garçon embrasse sa mère et rejoint sa chambre. Il fait rouler son camion rouge. Trop vite, le virage s'approche.

C'est l'heure du coucher. Il range son camion. Tout cabossé.

5
Un silence partagé

La canopée du cerisier filtre les derniers rayons du soleil.

Des grains de lumière scintillent entre les branches tombantes et les fleurs blanches. Sur la gauche, le petit potager est recouvert des premières ombres du soir.

J'observe ce premier repli vers la nuit.

Je ferme la petite porte blanche du jardin. A l'instant où retentit le petit claquement de la clenche, ma mémoire se désencombre du tumulte des activités de la journée.

Le soleil n'illumine plus qu'un minuscule carré de pelouse. À son extrémité, les rosiers, les fraisiers, et les hortensias forment une présence qui apaisent mon esprit.

Le passage des véhicules, sur la petite route qui longe le jardin, s'espace de plus en plus.

Les derniers bruits de la ville ne sont plus que des murmures lointains. Mon cerveau a, d'une connexion synaptique salvatrice, libéré ma pensée.

Le silence est perceptible. L'instant peut faire advenir en moi les résonances de la vie. Moment où la fragmentation de la pensée cesse.

Depuis la fin des événements, je m'évertue, chaque soir, à effacer de ma mémoire cette expérience dans l' administration pénitentiaire. Je ne sais plus si ce passage de ma vie a existé ou s'il a été projeté dans mon horizon personnel sans réalité physique.

Et comme chaque jeudi soir , j'attends sa visite.

Dès le début de mon incarcération, elle est venue me voir, me « visiter » dans le centre pénitentiaire.

Un temps que je m'efforce d'oublier.

Mais le passé n' a pas l'élégance de s'effacer aussi vite. Je me revois dans l'enceinte carcérale. Chaque jour, j'attends avec impatience, le moment où je peux marcher dans la cour de prison. Faire les quelques pas qui me permettent de m'évader dans le monde que je suis en train de reconstruire.

Dans cette cour, devant et derrière moi, d'autres détenus luttent avec leurs rêves mais le plus souvent avec leurs démons. Chacun suit son chemin. Le mien se trace à l'abri des regards, de façon souterraine, mobilise toutes les sensations de mon être. Ma pensée mue par un silence créateur jette un pont vers un avenir plus harmonieux. Ce futur en construction insensibilise mon corps aux contraintes de l'enfermement.

Dans cette cour, pas de bruit, pas de mots envolés par-dessus les murs du bâtiment. Chacun suit sa ligne, solitaire, dresse des barrages contre le retour des souvenirs funestes, celui des actions qui ont fait chavirer en quelques secondes les frêles embarcations de nos vies.

Parfois, l'un d'entre nous s'effondre sur le macadam, crie toute sa souffrance, son incompréhension du monde, inaccessible à sa propre folie. Un des surveillants l'extrait promptement du groupe. L'urgence est d'empêcher toute contagion, toute diffusion d'une nouvelle dose de malheur. Il faut réduire au silence cette expression d'une colère mortifère. Occire cette impulsion de vie qui n'a pas sa place ici.

Je sais très bien pourquoi j'en suis arrivé là, mais personne d'autre que moi ne doit le savoir, ni ma famille, ni mon avocat commis d'office, ni même le juge.

À cette époque elle me rendait visite chaque jeudi. C'est son jour de sortie.

Je reçois une première lettre dès la première semaine de mon entrée à Fresnes. Je mets quelques jours avant de l'ouvrir. Je me force pour vaincre cette envie de m'enfouir dans un monde d'oubli.

Je reçois la deuxième lettre avant d'ouvrir la première. Celle-ci commence par « Mon cher Jean ». Son écriture cache mal l'émotion de celle qui l'a rédigée. Les mots ne suivent pas une ligne droite. Les dernières lettres de chaque mot semblent s'échapper vers un univers qu'elle ne contrôle plus. Parfois elles s'enchevêtrent avec une syllabe de la ligne supérieure ou au contraire plongent dans un abîme pour se fracasser deux lignes plus bas.

La lettre est signée : Andrée.

Elle me félicite pour mon nouvel emploi, comprend que je n'ai plus de temps à consacrer aux sorties et aux déjeuners du dimanche. Mais elle souhaite me rendre visite, me parler, briser mon isolement.

Un de mes camarades de promenade m'explique tout l'intérêt que j'ai à accepter d'être « visité ». L'administration pénitentiaire apprécierait ce premier pas vers une resocialisation et je pourrais, peut-être, si je me tenais à carreau, bénéficier d'une remise de peine.

Ce fut donc le jeudi suivant, que nous avons pu échanger avec ma « visiteuse ».

La femme est plus âgée que moi. Elle réitère ses félicitations pour ce nouveau travail. Je vais lui répondre mais les mots sont comme des bulles de savon avortées. Ils ne se forment pas.

- «Je suis incarcéré, je ne suis pas un agent de l'administration ».

Cette phrase résonne pour moi seul.

Elle se dit soulagée pour moi, que l'administration « il n'y a que cela de vrai », que je peux y dérouler une « carrière ». Et si je ne fais pas de bêtises, c'est-à-dire si j'obéis à l'autorité, y rester même jusqu'à l'âge de la retraite !

Sa présence m'est agréable. Sans doute ai-je des raisons pour cela. Je ressens même un intérêt partagé pour certains sujets et une réelle proximité. Elle parle souvent de la famille, « important » me dit-elle la famille, et de l'identité présente ou perdue.

Le surveillant vient la chercher. Elle doit partir. Elle semble désemparée, noyée dans une solitude impénétrable.

Je rejoins ma cellule. La lourde porte claque, les verrous grincent, les pas du gardien résonnent fortement puis ne forment plus qu'un écho lointain. Comme ma visiteuse, je ressens le monde glisser hors de moi.

À ce moment de mon existence, je ne sais plus trop qui je suis. Depuis que je suis pris dans ce réseau, la toile d'araignée tissée autour de moi m'enserre chaque jour davantage. Je crois par moment pouvoir desserrer l'étau, mais, je suis bien obligé de mettre un genou à terre.

Il faut bien avouer que les circonstances ne me sont pas favorables. Un agent de sécurité a croisé ma route au même endroit et au même moment où il a découvert le corps d'une jeune femme au crâne défoncé. Moi, je suis surpris de me retrouver en tête à tête avec ce cadavre. Je n'ai pas le temps de réaliser la situation. Déjà, une sirène de police retentit à quelques mètres de la petite rue que j'ai la malchance d'arpenter au hasard de mes pas.

Deux policiers se précipitent sans que je puisse avoir le temps de prononcer un seul mot.

Dans quel monde suis-je projeté ?

Tout est allé très vite. Je reste pétrifié, paralysé dans un silence d'effroi. Les deux policiers m'embarquent à l'arrière d'une Mégane noire, en hurlant que je suis en état d'arrestation.

La pièce dans laquelle je suis interrogé ne ressemble pas à un commissariat. Elle se situe tout au bout d'un long couloir, dans les locaux d'un grand immeuble. J'ai juste le temps de lire par la fenêtre du vaste corridor, le nom de la ville inscrite sur le panneau : LEVALLOIS - PERRET. Pourquoi ici ? Au siège des services de renseignement et du contre-espionnage ?

Pendant près de vingt-quatre heures, deux policiers se relaient pour me persuader que toutes les preuves sont réunies contre moi, mais que probablement, si je collabore, une issue favorable me sera proposée. Toutes ces informations contradictoires finissent par me faire douter de la réalité. Ai-je commis ce meurtre ou suis-je la future victime d'une erreur judiciaire ? Au terme de l'interrogatoire, un autre policier, probablement leur supérieur hiérarchique, m'assure que tout sera réglé dans quelques jours. Mais il omet de me préciser dans quel sens le règlement se fera.

Je suis conduis sans autre explication en cellule.

Je reste dans l'incertitude, un silence qui ouvre à tous les possibles.

Les jours se succèdent et la vie quotidienne vécue jusqu'à présent s'éloigne un peu plus chaque jour. Comme dans un voyage en train, le paysage défile sans pouvoir fixer une image dans tous ses détails. Au fil du temps les habits, jadis tissés patiemment, se défilent aussi sûrement que la mémoire s'étiole. Je ne compte plus les jours d'enfermement.

Je me faufile dans les interstices des silences pour ne pas être emporté, dès le petit matin, par le claquement des grilles, le cliquetis des clés et les complaintes des chefs. Résister, ne pas tomber dans cette furie sonore où ça gueule d'une cellule à l'autre, où les matons gueulent encore plus fort et où l'on se promet de régler les comptes dans la cour ou à la sortie, dans un futur incertain.

Je suis seul dans ma cellule. Je ne connais pas les raisons de ce privilège.

L'isolement ne m'abat pas. Je parviens même à en retirer quelque avantage. Certains jours, cette solitude m'est presque agréable. Mes pensées ondulent librement sans but à atteindre, sans devoir me soucier de produire quoi que ce soit, pour qui que ce soit. Je ressens le plaisir « d'être » tout simplement, en dehors de tout ce qui est attaché à une identité particulière.

Je me rappelle le temps où aucune chaîne ne venait entraver mes poignets, mais où mon cerveau restait figé dans sa gangue d'incertitude et de peur.

Cet après-midi, comme chaque jeudi, la visiteuse apporte des friandises. Une semaine, c'est un pot de confiture maison faite avec les cassis et groseilles du jardin, une autre semaine, un gâteau nantais un peu trop imbibé de rhum. J'admire sa constance à venir me soutenir, me raconter les histoires du quartier, à me donner des nouvelles de sa famille. Les visites sont toujours remplies d'émotion. Elle me demande souvent si j'ai enfin obtenu cette promotion. Je ne sais pas quoi lui répondre, je n'ose pas la contredire. J'aurais dû lui parler, lui expliquer mais je comprends que cela risque de rompre son fragile équilibre. Au bout de vingt minutes, elle fatigue, reste immobile, la bouche à moitié ouverte, entre deux mondes. Heureusement, l'agent du centre pénitencier entre dans la pièce pour lui signifier la fin de l'entretien.

Je la regarde quitter la pièce, tituber jusqu'à la porte menant au couloir. Sur un fil.

Je crois que moi aussi je suis sur un fil.

Nos deux silences se comprennent.

Dans ma cellule, avant chaque endormissement, l'image du crâne défoncé s'impose avec violence dans mon intimité. Je revis la scène chaque soir. J'entends résonner les mots de l'agent de sécurité.

-   Il l'a tuée ! Il l'a tuée !

Il me tend la main, l'ouvre, la referme précipitamment. Les deux policiers sont là à mes côtés mais, lui, a déjà disparu. Aucune trace, aucune preuve de sa présence. Mais dans ma main je tiens un long couteau à la lame rouge.

J'en viens à douter de cette réalité. Aujourd'hui, lors d'un nouvel interrogatoire, l'un des policiers m'informe que le sang retrouvé sur le cortex du cadavre est le mien. Je m'affaisse un peu plus sur ma chaise.

Il faut bien se rendre à l'évidence je suis le meurtrier.

Certes, je l'ai probablement tuée mais je ne connais pas le nom de la victime. Je suis stupéfait d'apprendre, le lendemain, que le cadavre a un nom, et que ce nom ne m'est pas inconnu. La victime se nomme Natacha Platonov. Elle était ma collègue de bureau du 1er étage au service communication.

Puis, on me dévoile le mobile du crime « rupture amoureuse ».

Lors de l'interrogatoire dans les bureaux de Levallois, je découvre au fil des révélations, ce qu'a été mon existence ces dernières semaines.

Tout me paraît étrange. J'écoute les propos de ce policier et j'ai l'impression qu'il me raconte la vie d'une autre personne.

Mais je n'ai pas suffisamment de certitudes au fond de moi pour soutenir une autre version.

Au fil du réquisitoire, me revient à l'esprit l'énoncé du principe d'indétermination développée dans la mécanique quantique. On ne peut déterminer simultanément avec exactitude la position d'un objet ou d'un être et sa quantité d'énergie.

Alors pourquoi aurais-je mis en doute cette histoire relatée par ce policier ? En quoi sa version aurait été moins crédible que la mienne ?

Certes je suis surpris mais cette version pourrait correspondre à ma réalité.

Le soir je pense souvent à ma visiteuse. Je l'imagine au soleil couchant, seule, apeurée par un silence menaçant.

Moi aussi j'erre sans but. Ce soir toutes les pensées du jour rejoignent des contrées mystérieuses. La nuit laisse place à des étoiles invisibles à nos sens et je me laisse aspirer dans un vide où toutes nos contradictions, nos interrogations et nos peurs disparaissent. Il n'existe plus aucun observateur pour s'interroger sur le mystère de la vie.

La vie est là. Elle émerge sans trace de conflit, de durée, de temps. La peur du devenir s'évanouit dans l'enlacement du futur et du passé et un grand silence enveloppe le monde.

Dès le lendemain de mon passage dans les bureaux de Levallois - Perret, j'intègre la prison de Fresnes.

Ce matin paraît différent des autres jours. Un surveillant vient me chercher. Je traverse un long couloir où se succèdent des cellules sans ouverture. Des cris, des disputes, des insultes fusent tout au long du parcours. Ma cellule est située tout au bout du hall, séparé par un sas de sécurité qui l'isole du bâtiment principal.

Le surveillant me dit que je vais être reçu par un policier en fin de matinée. « Que j'ai intérêt à me tenir tranquille », car dit-il « des criminels, il en a maté plus d'un ». Avant de sortir il me bouscule violemment et par chance ma chute est amortie par un matelas. La cellule ne contient rien d'autre qu' un évier et une couche à même le sol.

Une heure plus tard, le même surveillant vient me tirer de ma cellule, je suis conduis dans un bureau au 2ème sous-sol. Je suis surpris de constater que le policier est un de ceux qui m'ont interrogé à Levallois.

Je crains une séance délicate, des menaces physiques qui peuvent aboutir à des aveux mais lorsqu'il me propose une tasse de café et qu'il s'enquiert de ma santé, je sens le vent tourné.

Il commence son interrogatoire.

- Connaissez-vous madame Platonov ? L'avez-vous tuée ? Comment ? Hurle le policier

Je réponds ce que je crois savoir. Mais je n'ai aucun souvenir de la manière dont j'ai pu éclater le crâne de ma collègue.

- Peut-être ne l'avez-vous pas tuée ? Poursuit le policier.

- C'est possible mais avouez que vous m'avez présenté des faits qui laissent à penser que...

Le policier me fixe longuement, un sourire se dessine peu à peu, un regard d'empathie me laisse espérer.

- Natacha Platonov est une espionne à la solde des services secrets russes. Elle est infiltrée dans un service sensible du CEA. Nous avons dû l'éliminer.

Je reste sans voix. Natacha a toujours été bien appréciée par l'ensemble des salariés du bureau. Elle a dû repousser bien des assauts masculins dont certains peuvent être qualifiés de harcèlement. Elle a toujours prétendu être en couple avec un Bulgare travaillant à l'Ambassade de France.

Le silence a duré deux ou trois minutes et n'a été interrompu que par l'ouverture du tiroir du bureau du policier. Il en sort trois photos. Toutes les trois représentaient Natacha en ma compagnie. Une des photos nous montrait devant le théâtre de l'Odéon, la deuxième près de la fontaine Médicis au jardin du Luxembourg et la dernière un peu plus floue, où nous étions assis sur un banc dans le parc Monceau.

Des photos montage bien entendu, car je n'ai jamais passé un seul moment avec Natacha en dehors du bureau.

Le policier me confirme que ces photos sont l'œuvre d'un travail de professionnel. Mais que je n'aurais pas la possibilité de le prouver devant les juges.

Il me propose un marché. Si j'accepte ce passé d'amoureux transit et criminel contre quelques contreparties financières et professionnelles, je serai rapidement libéré.

La fin de l'entretien est abrupte. Je n'ai pas le temps de lui donner une réponse. Les gardiens sont déjà présents. J'intègre une nouvelle cellule, isolée du reste des prisonniers. Elle est beaucoup plus spacieuse, avec un vrai lit, une télé, un ordinateur et un espace avec canapé.

Je fais même la connaissance de mon voisin, un célèbre animateur télé. De quel crime était-il accusé celui-là ?

Depuis ces dernières semaines de mon existence, je ne suis pas certain d'être revenu dans la vraie réalité. Une fois encore je suis marqué par la fragilité de mes sens.

Il n'y aurait rien eu d'impossible à devenir ce meurtrier. Peut-être avais-je été véritablement amoureux de cette Natacha ? Moi aussi j'allais souvent dans ce jardin et ce parc.

La veille de mon départ, c'est un jeudi, ma visiteuse vient me voir une dernière fois à Fresnes. Malgré le temps estival, elle porte encore son manteau de laine épais et défraîchi. Elle semble à chaque fois égarée dans cet environnement. Mais je crois qu'elle s'est détachée de ce monde depuis des années et sa vie ne tient qu'à un fil tissé jeudi après jeudi. Elle me pose toujours la même question. Ai-je obtenu de l'augmentation ?

Lorsque je lui apprends ma libération prévue pour le lendemain, son visage se ferme, son regard perdu cherche désespérément un point de fixation.

Elle me reproche ma légèreté, mon manque d'ambition, ma paresse et mon esprit de rébellion. Je laisse passer ma chance, beaucoup aimerait être à ma place...

Puis elle s'arrête de parler, elle reste immobile, sa main agrippe le rebord de la chaise. Des larmes coulent le long de ses joues creusées par la maladie.

Je sonne pour alerter le surveillant. Elle ne me dit pas aurevoir. Elle est seule, corsetée dans un silence d'où on ne revient pas.

Je balbutie quelques mots. « À bientôt ».

Aujourd'hui je suis dans mon jardin et j'attends sa visite. Plus un seul bruit depuis que ma voisine a fermé les volets de sa maison.

Un silence propice à créer un nouveau monde, un nouveau décor et de nouveaux acteurs. Ce vide mental agit. Les atomes de vie émergent de ce grand espace où mon cerveau est plongé.

J'ai gardé un entrefilet dans le seul journal qui mentionne un crime horrible commis contre une femme d'origine russe. Le meurtrier, dont on ne connaissait pas l'identité avait été arrêté mais curieusement aucun jugement n'avait été prononcé.

Comme chaque jeudi, la petite porte blanche du jardin s'ouvre.

Elle est là devant moi, vêtue de son manteau de laine épais, déchirée aux manches. Chaque soir elle me raconte la même histoire.

Tous les jours ma mère me reproche de ne pas avoir saisi ma chance dans cette administration pénitentiaire.

78

6
Superpositions

Il est devant moi, à terre, masse noire allongée sur l'herbe jaunie. C'est un vieux monsieur. Il a trébuché contre une pierre et son corps est inerte. Sa canne gît au sol près du pupitre d'une des reproductions du circuit des peintres.

Je m'approche et lui secoue légèrement l'épaule. Il remue ses mains, essaie d'agripper mon bras. Je suis soulagé, il est vivant.

Il est face à moi mais le soleil m'éblouit. Son visage se dessine à travers des faisceaux de lumière. Son front rougi porte la marque de sa chute. Des rides profondes creusent ses joues. Un filet de sang coule jusqu'à son menton. Ses yeux bleu clair me fixent, un sourire me laisse deviner sa gratitude. Son corps est lourd, et je dois m'y reprendre à plusieurs fois pour le hisser sur ses jambes. Je l'aide à faire les quelques pas qui nous séparent du banc installé à côté du pupitre.

Au loin se dévoile la pointe de Saint Gildas, les petites criques et la roche percée. Quelques mètres plus bas, des familles se prélassent sur le sable. Tous les âges se mélangent pour ne plus former qu'une mosaïque humaine.

Il peine à reprendre ses forces, me prend le bras en signe de remerciement. Nous sommes côte à côte, la mer est calme, l'horizon dégagé. Sa respiration retrouve un rythme régulier, son dos se redresse, il laisse ses pensées dériver le long des rochers. Il semble remonter le temps, les quelques filaments argentés l'attirent dans un passé lointain.

Le cri des mouettes et le grésillement du ressac sur le sable ne le délivrent pas de son voyage. Je veux me rassurer sur son état et pose ma main sur la sienne. Je suis surpris de la douceur de sa peau et de la finesse de ses doigts. Un élément du tableau que nous formions, il y a quelques instants, vient de changer.

Je le regarde à nouveau et ne peut m'empêcher de me lever brusquement. Je recule de quelques pas. Assis sur le banc, je n'ai plus en face de moi le visage d'un vieil homme, mais celui d'un enfant. Je ferme les yeux, le soleil est certainement la cause de ce mirage. Ou est-ce ce tableau, sur la tablette en pierre, reproduisant « la mer agitée » qui me donne le vertige ?

Pourtant, en ouvrant les yeux à nouveau, l'enfant est là.

Il pleure, ses cris sont étouffés. Il se débat. Il essaie de retenir quelque chose ou plutôt quelqu'un. Il pleure encore plus fort, ses yeux sont remplis de larmes. Son regard supplie pour que sa mère ne parte pas. Mais on ne l'entend pas. Je voudrais intervenir, lui dire que tout va bien, que sa mère reviendra. Mais je sais au fond de moi que ce n'est pas vrai. Que cette femme qui l'a mis au monde ne le reverra jamais. Elle en est meurtrie aussi mais elle n'a plus la force. Elle n'a plus de toit, plus de nourriture à lui offrir, plus d'espérance pour sa vie.

Maintenant l'enfant n'a plus de larmes à donner, il ne lui reste qu'un regard noir. Ses traits se durcissent, la douceur promise de l'enfance lui est refusée.

Il est recroquevillé, ses bras enserrent ses épaules, son cœur bat encore mais la violence de cette rupture l'a emporté dans un autre monde. Celui où il devra se battre chaque jour dans cet orphelinat. Partager quelques jouets usés, les arracher des mains à d'autres enfants abandonnés comme lui, leur enfoncer ses ongles dans leurs peaux douces pour rappeler aux adultes sa détresse.

Je retrouve mes mots. Je lui dis que je suis là, que la vie n'a pas dit son dernier mot. Qu'as-tu perdu ?

Je ferme à nouveau les yeux. Sa main est devenue rêche. Le vieil homme s'est à nouveau incarné. Il me répond qu'il va vérifier dans ses poches. Mais non, il ne semble pas qu'il ait perdu quelque chose.

Son visage tanné par le soleil, ses cheveux blancs clairsemés ont pris la place de cette bouille renfrognée et en colère.

Il me remercie, me dit que sa maison est juste derrière l'aire de jeu des enfants.

Je ne sais pas quoi dire. Mon cœur bat encore aux émotions de l'enfant que le vieil homme n'est plus.

Qui ai-je rencontré ?

Il me fait face une dernière fois. En quelques secondes défilent les moments où cet enfant, après bien des luttes et des intuitions fécondes, a construit après quelques bifurcations, son chemin de vie.

Ce n'est plus seulement le vieil homme qui me fait un signe d'adieu, ni l'enfant qui pleure, ni l'adulte qui a bâti cette maison, que j'aperçois. C'est un être, dans sa totalité, dans sa fragilité, son désespoir, sa résilience et son émancipation.

Sa canne est restée au pied du pupitre, il est trop tard pour lui rapporter. Je regarde plus attentivement la reproduction du tableau de Paul-Alphonse MARSAC. La mer est agitée.

Je n'ose pas capter le reflet de mon visage dans ce miroir d'eau.

Qui verrais-je ? L'homme, l'enfant solitaire ou le vieil homme que je ne suis pas encore ?

7
Le mur

Je dois vous l'avouer, je n'ai pas toujours bonne réputation. J'en entends des mots murmurés dans tous les coins. Il est vrai que j'ai l'ouïe fine. L'homme a pris l'habitude de m'associer à ses pires exactions. Des fédérés tombés pendant la commune jusqu'aux exécutions sommaires sous l'ère franquiste. On m'affuble de tous les noms, on se lamente, on m'accuse d'être trop haut, trop petit, de ne pas casser des briques….

Alors parfois je fais ma mauvaise tête, je m'emmure, je pique, je m'arme de barbelés, j'enferme. Je peux les rendre fous les hommes mais je les élève aussi.

Je les stimule, j'attise leur envie, je les soumets à la tentation. Souvent ils succombent à leur curiosité et se hissent jusqu'à mon sommet pour découvrir un nouvel horizon et conquérir leur liberté.

Certains me rendent justice, ils sont complices entre eux et se rassurent ainsi « cela restera entre ces 4 murs ». Je préserve leur intimité, je fais battre à nouveau des cœurs alanguis par l'ennui conjugal, j'évite des guerres de clan, de famille, de tribus qui auraient déterrées la hache de guerre si je n'avais pas assourdi leurs mots haineux.

Certains m'agrippent, m'escaladent, me percent et me détruisent. Je pourrais en être mortifié mais parfois j'en suis soulagé. A Berlin en 1989, de me sentir partir, pierre après pierre, je me suis senti en harmonie, joyeux de partager la joie de ma propre disparition. Dans les maisons de la Stasi j'ai vomi tous les micros espions cachés entre mes cloisons.

Me détruire, me rend plus fort pour être reconstruit ailleurs. J'ai la nostalgie des époques romaines, où Hadrien m'a consacré. Je me suis senti fortifié et fier d'exhiber mes 100 kms de long flanqué de 300 tours de défense. Je dessine souvent des frontières pour mieux protéger les hommes. Certains disent pour mieux les séparer, c'est selon.

Malgré mes turpitudes je sais ouvrir mon cœur. J'accueille le cancre au fond de la classe, je soutiens ces enfants collés à mon corps pendant les récréations, isolés du reste de leurs camarades et qui sans mon appui tomberaient à la renverse. Je suis un mur solide mais nourri de sentiment.

J'ai versé plus d'une larme en voyant tous ces êtres alignés, yeux bandés, mains liées, tombés à mes pieds un à un. Je voudrais crier mais rien ne sort.

Moi aussi je pourrais me plaindre, parfois j'ai les nerfs en pelote à force de recevoir des coups, des balles jaunes, blanches, basques ou de plomb. J'aimerais prendre de la distance, éviter une trop grande proximité avec les hommes. Certains ne comprennent pas, plus je fuis plus ils foncent sur moi, prêts à s'écraser pour oublier leurs souffrances, leurs rêves à jamais perdus. Je voudrais leur parler, les consoler, leur dire de se relever, d'essayer une nouvelle fois, de m'enjamber pour tisser de nouvelles vies, leur faire la courte échelle. Peine perdue, ils se détournent, me contournent, rebroussent chemin, imaginez « parler à un mur » ou pire « parler aux murs » ! Alors je rentre en silence, en communion avec cet enfant seul dans son monde, en équilibre dans son introversion extrême, ou avec cette vieille femme dont le fil de l'existence se dévide chaque jour, absente à sa mémoire.

Le lendemain je retrouve de la superbe, je me gonfle d'importance, égo surdimensionné. Je les observe tous à mon pied. Une foule innombrable se presse, des sportifs condamnés à l'exploit, dernier essai sous peine d'élimination, des étudiants sommés de se reprendre sans délais, des hommes et des femmes pressées de choisir, c'est moi ou elle, c'est moi ou lui. Lorsque l'on est à mes pieds, c'est du sérieux, plus le temps de tergiverser, de minauder, ou de différer ses responsabilités.

Je ressens ces attentes et ces regards remplis d'interrogation. J'essaie d'être à la hauteur, de me faire beau, de combattre la décrépitude, l'écaillement. Mais parfois je suis dans un tel état de délabrement qu'il faut bien se résoudre à un traitement de choc. La chirurgie esthétique, un bon ravalement de façade, il n'y a rien de tel ! Quel bonheur de se sentir à nouveau lisse, débarrassé de toutes ces petites fissures, de ces vilaines rides défigurant la pierre, naturelle ou de taille. Je plais à nouveau, je le vois bien au regard des hommes et des femmes, tout le monde s'arrête sur mon passage.

Mais je préfère me faire discret, au fond des jardins où j'accueille sous mon aile des rosiers grimpants aux fragrances délicates, effleurant mon corps de leurs épines amoureuses.

Réceptacle des écrits du monde, graffitis ou belles lettres, je redoute qu'on efface mes traces.

Un jour peut-être, l'homme n'aura plus besoin de moi, ne construira plus un seul mur et naviguera dans l'Espace infini. Il ira jusqu'au bout de ses rêves étoilés, dépassera le mur de Planck pour dévoiler les derniers secrets de l'univers, contempler le big bang, assister à sa création.

Mais qui sait si un mur n'en cache pas un autre ?

8
Une sage paresse

Paresser sur le canapé est mon occupation favorite. J'adore ces instants où ma nature s'exprime en toute liberté.

Certains ne font rien quand ils ont le bourdon, moi c'est lorsque je suis au meilleur de ma forme. Mon corps se prélasse, s'enfonce, se tortille, patine le cuir, y dessine des arabesques, atteint son équilibre.

À mon arrivée je n'ai pas été le bienvenu, l'oisiveté effrayait cette foule en permanence affairée. Pour eux j'étais même devenu l'icône de tous les paresseux, le fossoyeur du progrès, l'inutile.

Mes débuts dans la société ont été plutôt orageux. Ma philosophie les inquiétait. Ils voulaient me mettre en cage, me renvoyer à la niche, m'incarcérer dans des terrariums.

Je me faufilais dans tous les recoins possibles, entre deux mues j'étais souvent invisible. En ce temps-là, j'étais tout minuscule et méprisé. Mais j'ai tout de suite perçu que je n'étais pas comme mes congénères. Leur langage ne m'était pas complètement inconnu. Cependant je saisissais quelques bribes de conversation, des mots qui laissaient percer l'anxiété, l'angoisse, l'effroi.

- Il faut changer sinon nous allons droit dans le mur , disaient les maîtres de maison. Je ne comprenais pas pourquoi cette appréhension du mur. Moi je m'y sentais si bien.

- Il faut changer, prendre un nouveau départ, un virage à 180 degrés, renchérissaient-ils. Certains répliquaient qu'ils ne voulaient pas prendre le risque de faire un tête-à-queue. Une société qui se retourne, qui dérape cela peut faire des dégâts.

Le monde se lézarde.

Après quelques jours ils s'habituèrent à ma présence, je ne passais plus inaperçu. J'avais grandi plus que mon espèce le prévoyait. J'atteignais sans effort l'assise du canapé. Je les intriguais dans mon obstination à ne rien faire. Je n'étais pas encore reconnu à ma juste valeur, mais je voyais bien qu'ils me regardaient avec un intérêt nouveau. Je n'étais plus obligé de longer les plinthes, ils m'invitaient à partager leurs conversations. J'étais presque devenu l'un des leurs.

- Comment faire pour que la terre tourne un peu plus rond ?

Un soir, confortablement installé dans le canapé, je regardais cette émission de 20 heures où l'on vous plonge dans les pires tourments. Un bataillon de scientifiques annonça que si la pollution continuait ainsi, ils finiraient tous par griller sur place. Certains ajoutèrent que ce n'était pas très grave puisqu'ils ne tarderaient pas à vivre chez leurs voisins martiens.

Les jours se succédaient, moi dans le confort du canapé, mes maîtres dans l'admiration de ma philosophie. Certains commencèrent à me citer en exemple, « arrêtons de nous affairer », d'autres émettaient des revendications « inscrivons le droit de ne rien faire dans la constitution ». J'en étais un peu gêné, je ne voulais pas donner le mauvais exemple. C'était simplement dans ma nature un peu reptilienne.

Sans rien faire, ce qui avait toujours été ma ligne de conduite, je gagnais en crédibilité. A force d'écouter la rhétorique des débatteurs médiatisés, j'avais acquis une certaine aisance oratoire malgré des sifflements et des claquements propres à mon espèce.

Ma mue n'était plus seulement physique, mon image s'était également transformée. On ne détournait plus le regard à mon passage, on ne se moquait plus de mes longues siestes, j'avais acquis un nouveau statut.

Je n'arrêtais plus de grandir, à tel point que je pouvais me tenir droit sur le canapé. Ma tête était moins aplatie, des pommettes se dessinaient, je commençais à leur ressembler. Ma croissance physique coïncidait avec la décroissance de leur folie.

Des comportements étranges apparaissaient. On ne courait plus dans les couloirs du métro, les badgeuses étaient mises à la casse, on prenait le temps d'expliquer les réformes, et on laissait les choses infusées pour retrouver de vraies saveurs.

Des groupes de défense pour le droit au « burn-out » essayaient de s'opposer à la propagation de ce nouveau mode de vie. Mais les gens m'avaient pris en modèle et chaque jour on s'étonnait de ne pas y avoir pensé plus tôt. Les sondages me créditaient de 95 % de bonnes opinions, loin devant les animateurs de télévision. Je suscitais des jalousies et l'on craignait même pour ma vie suite à l'envoi de lettres anonymes qui réclamaient une peine aux travaux forcés.

Mais rien n'y faisait et chaque jour la société changeait encore un peu plus.

Le nombre de SMS chutait dangereusement, les gens regardaient à nouveau les autres en marchant dans la rue, les enfants avaient le droit de ne pas viser l'excellence. Bref, le monde marchait la tête à l'envers.

Lors de mes premiers discours je n'y mettais pas les formes, point de rondeur dans le style mais des mots acérés, des flèches pour faire mouche. J'avoue que j'ai la langue bien pendue.

Je n'avais pas prévu à quel point ne rien faire deviendrait l'action la plus efficace.

Une certaine intelligence collective émergeait de cette inactivité.

Malgré mon apparence étrange à leurs yeux, mes écailles n'étaient pas toutes tombées, ils me faisaient de plus en plus confiance.

Mes succès d'audience augmentaient soir après soir. Et le monde poursuivait sa mue lui aussi.

Finies les heures supplémentaires, les placements à court terme et le dégazage en mer. La production déclinait rapidement, les profits se faisaient moins faramineux, la pollution tuait moins. Une certaine sagesse infusait.

Cette soudaine notoriété me permettait de profiter du confort du canapé à longueur de journée. Le moindre de mes désirs était satisfait. Je bois peu mais l'on m'offrait souvent des rafraîchissements car la canicule sévissait encore. J'optais pour des boissons chaudes, café, thé ou verveine.

Le système terre avait besoin d'un nouveau dieu, celui qui allait sauver les humains d'une fin annoncée.

Les médias me sollicitaient chaque jour davantage.

Mais jouer les idoles ne me réjouissait nullement. Lorsqu'au bout de quelques semaines ils m'enfoncèrent une couronne sur la tête, je compris qu'il valait mieux quitter leur compagnie.

Je retournais à ma vie de lézard, j'avais fait mon œuvre.

9
Un futur rêvé

En sortant de chez moi, je fulmine contre la décision du Conseil populaire de nous convoquer si tôt. En bas de mon immeuble de trente étages, j'aperçois le nouvel amphithéâtre de la Place Viarme. Tout semble déjà en place pour l'organisation du vote. Il y a cinq ans le mouvement, soi-disant apolitique « Ordre de la renaissance pour sauver la planète » a remporté les élections présidentielles. Depuis cette date, nous n'avons pas une minute de répit. Des caméras du monde entier débarquent et scrutent à la loupe l'« exemple français ». Dans la lignée de la révolution française, de la déclaration des droits de l'homme , la France a encore réussi à se distinguer en instituant le vote permanent. La nouvelle démocratie permanente, c'est exténuant !

Sauf pour ma voisine, Dorothée. Elle marche juste devant moi, le long de la ligne des cabines volantes. Elle ne marche pas, il est plus exact de dire qu'elle trotte depuis qu'elle a bénéficié du fameux programme de « reconnexion neuronale et rajeunissement » imposé à tous les citoyens quinquagénaires.

Avant, je ne prêtais guère d'attention à Dorothée. Mais depuis sa cure de rajeunissement, je dois avouer que je lui trouve beaucoup plus d'intérêt. J'accélère le pas, je cours pour combler les quelques mètres qui nous séparent. Je masque mon essoufflement dans un bonjour dynamique.

- Dorothée, voulez-vous prendre cette cabine pour rejoindre la place ?

Ces cabines polychromes, je les aime bien. Juste de la place pour deux, une assise parfaite et une climatisation efficace pour lutter contre les quarante-cinq degrés qui nous accable toute la journée. Il suffit de programmer sa destination et elles suivent des lignes invisibles qui vous conduisent à la bonne destination.

Dorothée ne répond pas, elle poursuit sa route. Nous vivons, depuis quelques années, dans un silence absolu. Ce matin encore, pas un seul bruit de moteur ou de chantier, la route de Vannes offre de vastes espaces végétalisés où seuls quelques écrans rétractables permettent au parti de l'Ordre de la renaissance de diffuser leur programme « démocratique » entrecoupé de bulletins météorologiques et des nouvelles de nos astronautes en mission sur Mars depuis deux ans.

Au moindre mouvement de foule, au plus petit signe d'agitation, le Conseil populaire intervient pour calmer nos ardeurs. Des abeilles mécaniques fusent près des agitateurs potentiels. Lorsque ces petits engins bourdonnent à vos oreilles, la sanction ne se fait pas attendre. Et si vous persévérez, l'abeille vous plante son dard qui vous plonge dans un sommeil immédiat.

J'essaie de suivre Dorothée dans les allées de l'amphithéâtre. Elle s'installe dans les gradins en bois, bouscule un homme et son assistant androïd, et s'assoit face au mur d'écran. Je me faufile dans les travées, agite ma main dans sa direction et la regarde avec insistance. Elle ne me voit pas mais distribue des sourires à tous les mâles qui ont bénéficié du même programme de rajeunissement. La foule me semble de plus en plus jeune ou plus exactement il n'y a plus de vieux ! Le monde est figé dans une jeunesse éternelle.

Aujourd'hui le parti de l'Ordre de la Renaissance propose aux citoyens de voter pour ou contre le projet de changement de constitution. Le premier article prévoit de suspendre toute élection avant la fin du programme « reconnexion neuronale et rajeunissement ». Nous attendons la présentation par projection neuronale de résonance. Plus besoin d'écrans, il suffit d'activer sa puce intérieure pour que l'image se projette. Plus besoin de sono puisque le son est intégré directement dans chacun de nos tympans.

Je trouve Dorothée de plus en séduisante, elle porte des vêtements plus colorés mettant davantage en valeur ses formes. Elle a repris de l'assurance depuis la fin de son traitement. Je me rapproche d'elle, réussis à m'asseoir à ses côtés. Je frôle ses genoux et ose la complimenter sur sa nouvelle coupe de cheveux.

Étrangement, elle continue de m'ignorer, je suis transparent pour elle. Je me laisse distraire par l'atterrissage de petites navettes sur les toits végétalisés de la tour de Bretagne. Depuis quelques années plus aucun avion dans le ciel Nantais. Il n'y a d'ailleurs plus aucun aéroport. Les voyageurs empruntent des navettes qui circulent grâce à la force de l'anti-gravité.

Soudain devant mes yeux se projette le discours d'un représentant de l'Ordre Nouveau. Il énumère tous les bienfaits du programme de reconnexion neuronale. La société est plus juste, moins violente, les hommes et les femmes retrouvent une seconde jeunesse, la vieillesse, hideuse vieillesse, est bannie de la société, l'idée de mort s'éloigne, la sagesse ultime est à notre portée. Il nous propose de voter pour ou contre la poursuite du projet. Si l'issue du vote est positif le programme de reconnexion sera proposé également aux quadragénaires. Chaque citoyen pourra ainsi espérer éradiquer tout signe physique de vieillissement. Mais en contrepartie, l'Ordre exige les pleins pouvoirs.

Quelques secondes plus tard un boîtier furtif apparaît entre les mains de chaque citoyen. Je presse sur la touche NON. Rien ne se passe. J'insiste, appuie à nouveau sur le non, cela ne fonctionne pas. Tous les autres citoyens réussissent à voter. Au bout d'une minute le résultat s'affiche : 99,99 % de oui et une abstention. J'essaie de protester, je crie que mon boîtier ne fonctionne pas. Rien n'y fait. Je saisis le bras de Dorothée pour lui signaler l'incident, mais elle se lève sans même un regard.

Je décide de la suivre. Elle descend, d'une démarche toujours aussi aérienne, la rue qui mène à l'ancien marché Talensac. Sous une grande bulle transparente, des dizaines d'hommes et de femmes qui ont atteint l'âge fatidique de cinquante ans sont installés dans des fauteuils, électrodes sur la tête, perfusion aux bras. Certains ressortent avec leur certificat, satisfaits d'avoir choisi le pari Faustien.

Et moi pourquoi ne m'ont-ils pas convoqué ? J'ai pourtant dépassé la cinquantaine depuis longtemps ! Encore un dysfonctionnement de leur nouvelle société. Plus les jours passent plus mes rides s'accentuent et plus je vieillis parmi toute cette société de nouveaux jeunes.

Peut-être que Dorothée pourra me donner l'adresse du service des réclamations ? Nouvel espoir. Elle est déjà au croisement de la rue de Chateaubriant et du boulevard Bellamy. Je contourne le vaste kiosque à robots qui s'avance vers les bords de l'Erdre. Ils s'agitent dans tous les sens, leurs membres désarticulés dessinent une danse inquiétante. Leur programmation ne tourne pas toujours très rond. Certains commencent à contester leur condition d'esclave. Ils revendiquent le droit à la conscience. Ils finiront par se rebeller un jour.

A l'angle de l'ancien Cour des cinquante otages se dresse la statue du leader de l'Ordre Nouveau. Une fête en son honneur se prépare.

Je me sens perdu dans cette foule rajeunie. Je recherche la fine silhouette de Dorothée. Je dois lui parler, reprendre contact avec l'humanité. Où a-t-elle disparu ? Elle a filé aussi vite qu'une étoile, et, moi je n'ai plus le souffle de la jeunesse. Pourtant je l'aperçois à nouveau, près de l'Erdre, démarche gracieuse offerte aux rayons du soleil. J'accélère le pas, je ne la quitte pas du regard mais j'ai dû mal à maintenir mon équilibre. Je sens que je suis un obstacle sur le chemin des passants pressés.

Je réussis avec peine à me faufiler pour la rejoindre au bord de l'Erdre. Elle me regarde enfin. Je ressens la nécessité de lui confier que j'ai besoin d'elle.

-   Dorothée, vous êtes le seul fil qui me retienne la vie. Tout m'est étranger depuis quelques temps. Je doute de ma présence, de mon identité, de la réalité de nouvel ordre démocratique. .

Dorothée s'approche, sourit. Je suis soulagé, elle m'a entendu. Elle va me répondre, me rassurer, m'expliquer la marche de ce nouveau monde.

Mais elle passe près de moi sans s'arrêter. Je blêmis. Elle vient de serrer la main de l'homme qui est juste derrière moi.

Dorothée est inaccessible, je maudis ce programme de « reconnexion neuronale ». Pour qui se prend-t-elle depuis qu'elle a rajeuni de dix ans ?

J'emprunte une cabine volante pour fuir cette ingratitude. En quelques secondes je suis sur l'Ile de Versailles. Une nuée de petits robots a envahi le jardin japonais. Courts sur pattes, les rayons lasers allumés, prêts à intervenir, ils veillent sur un groupe d'enfants en sortie scolaire. Aujourd'hui le cours a lieu au bord de l'Erdre. L'image du professeur se projette au beau milieu de la rivière. Le cours est consacré aux valeurs de la démocratie nouvelle et aux dernières communications avec les exoplanètes. Un champ magnétique a été détecté, comparable à celui qui protège la terre des particules mortelles du vent solaire. Les scientifiques ont pu le reproduire et s'ouvre désormais le fol espoir que ce champ puisse inverser la tendance du réchauffement climatique. Selon leurs calculs, la terre pourrait perdre à nouveau 2 degrés tous les dix ans.

L'office scientifique pour l'amitié entre les planètes a réussi à identifier cette sœur jumelle de la terre, tournant autour de son soleil. Je me souviens très bien de ce jour puisque je faisais partie de l'équipe qui l'a découvert. Je me souviens également de m'être porté volontaire pour transmettre un message codé à leurs habitants. Ma mémoire me joue des tours depuis ce moment.

Je n'ai plus qu'une envie, rentrer chez moi, rue des hauts pavés, sonner à la porte de ma voisine, tenter une dernière fois de communiquer avec Dorothée.

En bas de l'immeuble, j'entends sa voix. Elle est rentrée, je dois saisir ma chance.

Je sonne à sa porte. Elle ne répond pas, j'insiste deux, trois fois. Toujours aucun signe. Je me résigne à rentrer dans mon appartement lorsque soudain, le voisin du premier étage sonne à sa porte. Elle ouvre. Je reste sans voix.

Leur conversation s'engage

- Dorothée, vous n'avez toujours pas de voisin à votre étage ?

- Non, toujours personne.

- Et savez-vous ce qu'il est devenu votre ancien voisin ?

- Mort.

© 2021, Gueudin, Didier
Edition : Books on Demand,
12/14 rond-Point des Champs-Elysées, 75008 Paris
Impression : BoD - Books on Demand, Norderstedt, Allemagne
ISBN : 9782322272389
Dépôt légal : janvier 2021